大众媒介与社会性别研究

陈宁 著

中央高校基本科研业务费专项资金资助项目（项目编号：63192412）

南开大学文科发展基金项目"融媒体时代性别平等文化的传播新变与优化路径研究"的阶段性成果（项目编号：ZB22BZ0220）

中国文联出版社

图书在版编目（CIP）数据

大众媒介与社会性别研究 / 陈宁著. -- 北京：中国文联出版社，2022.12
（"文学文化与性别研究"丛书 / 乔以钢、陈千里主编）
ISBN 978-7-5190-4794-8

Ⅰ. ①大… Ⅱ. ①陈… Ⅲ. ①大众传播－传播媒介－文集②社会－性别差异－文集 Ⅳ. ①G206.3-53 ②C913.14-53

中国版本图书馆CIP数据核字（2022）第006556号

作　　者	陈　宁
责任编辑	张凯默
责任校对	秀点校对
封面设计	小　马

出版发行	中国文联出版社有限公司
社　　址	北京市朝阳区农展馆南里10号　　邮编 100125
电　　话	010-85923025（发行部）　010-85923091（总编室）
经　　销	全国新华书店等
印　　刷	三河市龙大印装有限公司

开　　本	880毫米×1230毫米　1/32
印　　张	8.5
字　　数	174字
版　　次	2022年12月第1版第1次印刷
定　　价	48.00元

版权所有·侵权必究
如有印装质量问题，请与本社发行部联系调换

目 录

导言 /1

辑一

中国男性杂志中的性别关怀意识 /3
都市情感剧与男性媒介形象的新变化 /28
中美比较视野中的真人秀节目与男性形象建构 /39
男性媒介研究中的问题与对策 /51

辑二

主旋律电视剧中的女性形象及其性别意蕴 /67
第一夫人的媒介形象及其对我国公共外交的启示 /85
犯罪新闻中的潜暴力书写与伦理转向 /96
妇联组织官方网站的性别观念与功能实现 /113

辑三

现代公民教育与原创儿童绘本中的性别规训 /141
引进版儿童绘本中的性别新景观 /156

国际视野中的儿童绘本与性别教育　/ 165
培养具有时代精神的小公民　/ 177
　　——《大公报·儿童特刊》的编辑启示

辑 四

跨性别群体在电视媒介中的生存境遇与传播策略　/ 193
网络游戏中的跨性别扮演与设计创新　/ 204
网络性转视频的兴起及其性别内涵　/ 219
网络污文化的传播特征　/ 229

附录　近年来中国男性杂志出版状况汇总　/ 240

参考文献　/ 243

后　记　/ 247

导　言

　　2015年国家主席习近平在纽约联合国总部出席并主持全球妇女峰会时指出，"妇女权益是基本人权。我们要把保障妇女权益系统纳入法律法规，上升为国家意志，内化为社会行为规范"。这强调了性别平等作为国家意志的话语地位，也指出了我国性别研究应有的学术格局——在基本人权的意义上来理解"性别"概念。

一、当我们谈论性别，我们在说什么？

　　性别研究一直与女性研究有着千丝万缕的联系。女性在社会生活中所遭受的不公正待遇是性别研究的重点——性别权利被理解为女性权利，性别解放被理解为女性解放，性别压迫被解释成男性对女性的压迫。然而，如果把性别作为一个政治概念与宗教、种族等概念并置就会发现，性别其实并不特指女性及其相关议题，它本应是一个人权概念，不仅关涉先天生理性别为女性的那些人，更可考量每一个社会人在性别维度上的生存权利和发展自由。如果在"二元论"的基础上讨论性别问题只不过是在传统意义上的男性与女性之间进行资源重组，而在这两个序列之外的性别样态都无法获得权利的眷顾。实际上,某一性别被歧视、压抑和刻板想象,对应的其他性别样态都难以逃脱同样的命运。

什么是性别平等?性别平等是将性别选择作为人的基本主体权利之一,在不违反法律的前提下,要求任何性别形象、性别行为和性别角色都受到同等的尊重。什么是性别平等意识?性别平等意识首先应表现为一种精神警觉,关注因性别身份而在社会生活的制度和文化等层面遭受到习焉不察的束缚、漠视和压抑;同时又尊重性别存在的多样化、个性化的发展自由和权利。显然,这个意义上的性别平等并非只有"女性解放"这单一的内涵。

在探讨女性解放议题时常会出现一个潜在的悖论——一方面声辩"女性不应该是这样的",同时又不得不建构出一种新的声音"女性应该是那样的"。那么,谁是这"应该"标准的制定者?没有被含纳在"应该"范围里的女性是不是同样面临着被歧视、被边缘化的可能?如果站在人权的角度来思考性别问题,就会打破这种非此即彼的怪圈。比如性别研究中常见的家庭议题讨论就存在"既不愿接受又无力摆脱"的困境:一些论者一方面从各种角度论证现有的婚姻家庭制度对女性的歧视和压迫,另一方面又把该论题作为"女性的问题"来单独讨论,客观上强化了家庭与女性之间的捆绑关系。如果换个视角来看,婚姻其实不是现代人类社会生活中的必选项,不选择进入婚姻形式的个体也应该受到同样的尊重。剩男、剩女的提法都是对其私人生活方式的污名化表述。而对于那些愿意通过婚姻形式组建家庭的人来说,家庭内务和外务是每个组建者都应该承担的责任,不论是男性还是女性。他们可以根据家庭利益和个体发展来协商具体的承担形式,但从意识形态上不可规定哪一性别应承担更多的或哪种具体的家庭责任。

二、大众媒介应秉持的性别平等精神

大众媒介在现代人的生活中占有非常重要的位置。特别是以社交媒体为代表的新媒体兴盛以来,通过移动端接收、发布和传递信息已经成为多数人的生活方式。从性别视角来看,大众媒介是传播性别理念、影响两性行为的重要载体。经济、政治和文化中的性别观念在很大程度上要依托大众媒介直接或间接地产生社会效应。在中外妇女解放运动史中,大众媒介在观念启蒙、意识引导和行为示范等方面一直担当着重要的角色。今天,各国女性更是通过新媒体特别是社交媒体去相对自由地吸纳前沿知识,协调工作与生活,媒体话语权也得到空前的扩大。但另一方面,在消费社会的商业化语境中,大众媒介中的性别意识和性别立场受到各种因素的干扰而呈现出复杂的状况。不少性别歧视现象不仅没有消除,反而经由新媒体的放大而产生更大的社会影响。

大众媒介在性别平等发展中的作用受到国际社会的高度重视。在联合国第四次世界妇女大会上,"妇女与媒体"是12个重大关切主题之一。大会通过的《行动纲领》指出,"在大多数国家,大众传媒并没有用均衡的方式描绘妇女在不断变化的世界中对社会的贡献,相反宣传报道的往往是妇女的传统角色，或有关暴力、色情等行为"。①大会还"鼓励设立媒体监测小组，监督媒体并与媒体协商以确保适当反映妇女的需要和关切问题"②。在我国大众媒介建设也是促进性别平等的重要举措之一。在国务院最新颁布的《中国妇女发展纲要（2021—2030年）》中提道，"健全文化与传媒领域的性别平等评估和监管机制。全面提升妇女的媒介素养"③。

前述性别平等意识具体落实到大众媒介的运作和产品生产中有着更为具体的要求。对于媒体工作人员来说，自觉的性别意识至少包括对两性拥有平等的社会地位、充分的社会权利和主体发展自由的尊重，并在这种性别尊重的前提下最大限度地提供性别关怀和性别服务。随着社会生活的发展，这种自觉的性别意识正在成为大众媒介发展中的必然要求。在此基础上再进行常规的受众细分和专业内容细分，就会在一定程度上避免由于概念化选题和表达而造成产品雷同，媒介产品也会在激烈的竞争中拥有独特的优势。这应成为指导媒介进行受众细分、产品定位、内容制作、包装设计、运营推广等具体操作的重要标准。

还原性别视野的宏阔天地。随着性别日趋均衡发展的社会趋势，不论是宏观的政治经济军事问题、中观的家庭

---

① 王淑贤.《行动纲领》中12个重大关切领域简介.妇女研究论丛，1996（2）.

② 王淑贤.《行动纲领》中12个重大关切领域简介.妇女研究论丛，1996（2）.

③ 中国政府网 www.gov.cn/gongbao/content/2021/content_5643262.htm）.

婚恋问题，还是微观的个体身心修养问题，都已经成为两性共同面对的发展需要。正如理财置业、职业规划、探险旅行等议题已经成为女性生活中的重要组成部分，在男性的日常生活中，服饰美容、身心关爱、时尚资讯等议题也日渐凸显出不可或缺的意义。但遗憾的是，目前国内一些媒介从业者甚至是研究者仍然认为涉及婚恋家庭、服饰美容、家居饮食的内容是女性最爱，而涉及财经政治、军事体育的内容是男性必读。

这种将媒介内容进行性别比附的做法，人为地将目标读者的关注范围大大缩减，无异于作茧自缚，且难以满足现代受众急剧膨胀的信息需求。目前这一问题在我国以女性为目标受众的媒体中表现得尤为突出。曾有业内人士指出："女性中比较有能力和想法的人，往往爱看男性杂志。因为现有的女性杂志内容偏浅，她们感到不解渴，男性杂志更新鲜、更适合胃口。"① 在全国百余家号称针对女性的媒体中甚至很难找出一个专业化程度较高的女性理财栏目或时政栏目。媒体工作者对性别需求的刻板想象导致某些信息资源被重复利用，信息高度雷同，而另一些有待深入开掘的有效信息则被忽视。

不可否认，不同性别的受众对媒介内容的接受程度是不一样的，这基于他们不同的社会文化的习得过程。但是，对于媒体市场的开拓者和培育者来说，问题的关键并不在于迎合既有的话题框架，而在于采用独特的视角和表达方

---

① 逄伟.急功近利办不出好杂志——透视男性杂志的牌局.经济观察报，2003-07-14.

式开拓两性受众的媒介视野。面对此消彼长的军事斗争，女性也许并不缺乏敏锐的洞察力和运筹智慧，但却难以接受残忍冷酷的解决途径；面对甜蜜与痛苦共生的婚恋家庭问题，男性也许同样深陷其中而无法自拔，但却不愿意用琐碎絮叨的方式来寻求解脱……所以，自觉的性别意识要求大众媒介能够以宏阔的视野充分体察和挖掘两性在各种社会境遇中的实际需求。

此外，性别视野的拓展不仅是广度的延伸，更是深度的开掘。这要求媒体从业者通过对前沿资讯的筛选、整合和提升，将两性关注的话题做深、做透、做到极致。读者既能从中感受到行之有效的实用价值，又能体味到豁然开朗的人生智慧和性别境界。观点的前沿性，方法的实用性，动态的全面性，分析的精辟性，这都需要编创人员下一番功夫才能达到。

关怀个体的性别发展自由。性别的发现是以"人的发现"为前提的，而"人的发现"至少包括对个体生命权利、生存样态和发展道路选择的尊重等。对于大众媒介而言，这不仅是一种应有的人本理念，更是拓展媒介发展思路的有效途径之一。比如千百年来，中国男性早已习惯于舍身取义、杀身成仁，习惯于轻视肉身存在而成全道义。而当前一些以男性为目标读者的时尚刊物却致力于揭示男性身体的价值，让身体呵护和修饰成为男性发展过程中的重要组成部分。又比如，在一些以女性为目标受众的媒体中性别刻板印象正在呈淡化趋势，它们引领受众逐渐明晰舒适才是时尚的前提，健康才是塑身的目的，自然才是美容的境界，而一切装饰得以动人心魄的前提是女性需具有独立自主的人格魅力。随着中国传媒业对人本精神的日渐重视，任何试图规约个体自由发展的话语模式最终都将被市场淘汰。

关怀个体的性别发展自由，就是让渴望脱掉强悍铠甲的男性发现"家庭主夫""花样美男"的荣耀与乐趣，让渴望在职场上披荆斩棘的女性发现自己无与伦比的才华，让相貌平平的人知道自己智慧的笑容同样光彩照人……在广告客户进一步细化的市场作用下，性别维度所蕴含的丰富的人生图景将是一个取之不尽的巨大宝藏，关键要看媒体从业者能不能克服文化积淀所形成的性别思维定式去悉心开掘。

树立并维护性别自信力。受众在接触以性别为市场定位的大众媒介时，通常都希望从中发现自己的潜质，衡量自己的价值，明晰自己的权利，这就是树立性别自信力的过程。随着大众媒介视点的日渐下沉，对个体尊严的关怀意识日益凸显，树立独立自信的性别形象已经成为满足受众需要的必然要求。

当前大众媒介中的性别平等意识尚处在新旧理念混杂丛生的阶段，对性别自信力的敏感度还有待于进一步提高。比如，在现代职场叙事的框架中经常出现违背职业精神的女性形象，强调女性的肉体之美和家族责任。反之，注重男性的职业能力和精神引领。甚至红颜祸水论、封建贞操观等违逆时代精神的言论都屡见不鲜。受众很难从这些具有现代身份的男女主人公身上找到符合现代社会要求的公民尊严。在某份时尚刊物中，女性主编亲自对一位男性摄影师进行人物专访，文中处处洋溢着她对男性受访人的无限崇拜之情，自甘卑微到尘埃：

> 他一口气讲完了他的过去，我们有一分钟相互对望，他无言，我傻笑。……
>
> 他兴奋地拿出其中一款说："《拯救大兵瑞恩》一开头那段，就是用这种机子拍的，叫……"（很抱歉，由于本人对这种知识的极度缺乏，便忘记了。）
>
> 看我睁大了眼睛，他又拿出一部稍大些的（相机）说，这部是什么什么的。（我还是忘记了。）[1]

姑且不论这位女主编如此"娇憨之态"是否符合记者的职业道德和职业技能要求，单是这种没有对等交流的仰视之态，就很难让读者感受到她是一位能够独立思考的职业女性。有意思的是，这篇文章之后编排的女性人物专访却这样写道："保罗·索维诺的宝贝女、昆汀的前女友、周润发的新搭档，好莱坞的肉弹明星是天才还是笨蛋？"与上一篇文章对男性主体能力的极力推崇截然相反，女性主人公的主体价值在这里完全依靠男性身份来确定，没有男性参照她只剩下一个有争议的"肉弹"躯壳。这样的编辑思想和操作无异于"以女性的名义将男性的陈腐观点再次灌输给女性"，这对于提升目标受众的性别自信力只能起到适得其反的作用。随着受众主体意识的不断提升，当大众媒介试图将受众定位和广告客户定位向所谓"高端"靠拢时，滞后的性别理念必然会使媒介质量与高端受众的心理

---

[1] 风采，2004（8）.

需求之间形成严重错位,很大程度上影响到大众媒介的发展前景。

三、性别与媒介研究的观照视野

20世纪80年代,国内开始有学者关注大众媒介中的女性形象,散见于妇女学、社会学和文学艺术研究等领域。直到20世纪90年代中期,这一议题才首次进入新闻传播学的研究视野。在2006年第九次全国传播学研讨会上,"媒介与妇女儿童研究"首次被列为分组讨论的议题之一。虽然妇女研究仍没有脱离儿童研究而独立存在,但这一举动已经显示出性别与媒介研究正在成为新闻传播领域的重要学术范畴,从而与世界传播学的研究动态接轨。

值得关注的是,2005年联合国教科文组织将"媒介与女性"教席设置在中国传媒大学。这是该组织自1992年创办以来在中国信息传播领域设置的第一个也是唯一一个教席,它体现出国际学术界对"媒介与女性"研究的高度重视。教席通过理论研究和实践探索,促进媒介与女性的良性互动,促进媒介传播中的性别平等,促进女性与社会的和谐发展。这个教席的成立意味着中国在性别与媒介方面的研究正逐渐进入系统化、专业化的阶段。

综观我国在此领域的研究成果,其中媒介中的性别形象,特别是女性形象研究一直是经久不衰的热点。这与静态的文本资料相对容易获取有关,也与我国性别与媒介研究尚处于起步阶段的发展水平有关。实际上,文本内容分析仅仅是传播学研究中的一个维度,一个基本的传播流程至少包括传播控制、传播媒介、传播内容和传播效果等若干方面。每一个研究环节都具有充分地从性别视角展开调查分析的学术价值。

性别视角下的传播控制研究。这类研究又可以分为宏观、中观和微观三个层面。宏观视角是从社会性别角度审视当前的传播政策、制度和法规等。一个国家的传播法规为传播行为定下了基调和准则,也在很大程度上影响到媒介产品的传播样态。从性别视角考察传播法规就会发现,世界大部分国家的媒介监察机构都将禁止性别歧视作为传播准则。但是具体到怎么理解性别歧视、法律法规的监管重点是什么、针对的是男性还是女性……这些问题的答案在不同的国家和文化中不尽相同。

比如,在我国《中华人民共和国广告法》和《国家工商行政管理局广告审查标准》中,出现频度最高的性别方面的禁忌词语是性、淫秽、色情等。比如,《广告法》第九条规定广告不得"含有淫秽、色情、赌博、迷信、恐怖、暴力、丑恶的内容"。《广告审查标准》第二十九条规定广告中不得使用"低级趣味、诲淫意识或渲染色情的描述"。可见中国广告传播法规的监管重点是性禁忌,也就是说不允许广告中出现任何性行为。身体特定部位和器官的裸露就意味着性挑逗、色情乃至淫秽——身体暴露与道德伦理角度的色情在某种意义上是同义关系。

但是,在加拿大广告标准委员会1993年颁布的《社会性别描述指导方针》(*Gender Portrayal Guidelines*)中,广告却可以展示男女的性特征,裸体或突出男女身体的某个部位是被允许的。传播法规监管的重点是身体意象的使用与广告产品之间是否有必然联系，若单独抽离出某些性别要素来烘托产品而忽视模特的主体性则是被严格禁止的。比如将女性身体与某些奢侈品放在一起，暗示男性消费女色一样也是某种物质享受，这样的广告就高度涉嫌性别歧视。

同时，中国广告法规中的性别监控主要针对女性。比如《国家工商行政管理局广告审查标准》第十九条规定："妇女模特不得裸露肩下、膝上十五公分的部位（泳装模特不在此限）。"而加拿大的《社会性别描述指导方针》则保护男女两性，比如"广告应避免对男性、女性不愉快的性利用"，"广告应该避免使用不负责任的、伤害男性女性的语言"。

中观视角的传播控制研究是从社会性别角度审视媒介组织的运作状况。媒介产品的生产过程比如新闻的制作过程就像是一个黑箱，普通受众只能看到信息的输入和输出这两端，但对于其中的生产过程及其权利博弈关系知之甚少。这一视角主要探究媒介产品中呈现出来的性别意识是如何在媒介机构内部被生产出来的，究竟是哪种意识形态和生产机制在起着干预作用。

微观视角的传播控制研究是从社会性别角度审视媒体从业人员的存在状况，着重于对传播者个体的考察和分析。具体而言又包括媒体从业人员的性别观念、两性媒体从业者的历史作用、两性媒体从业者的现实地位、两性媒体从业者的公共形象等方面。

比如女性媒体工作者的公共形象一直存在诸多问题。在娱乐综艺节目中，女性主持人往往从事串场以及描述性的工作，反映编导的声音；在新闻访谈类节目中，男性多以权威专家或官员的身份出现，而女性主持人则有意无意地成为辅助性的倾听者、提问者和求知者。那些职业能力不逊于男性的女性记者也免不了被刻板化的命运。玛丽·科尔文（Marie Colvin）生前是英国《星期日泰晤士报》的资深战地记者。2012年，她在叙利亚政府军炮击霍姆斯市时被炸身亡。与她同时牺牲的还有法国男性摄影师雷米·奥奇力克。对比新闻媒体对两位记者的报道就会发现，对这位女性战地记者的关注重点一直没有离开其恋爱、婚姻、家庭以及外貌特征，鲜有关注她卓越的职业能力。我国也存在这种重视女记者的外貌、婚恋等问题而忽视其职业贡献的现象。体育类媒体常年炒作"足球宝贝"之类的美女记者，津津乐道于她们与体育明星之间的绯闻而毫不理会她们对体育精神的理解和对体育技巧的分析。每年两会期间，姿色会成为媒体审视女记者的一个独特角度。2012年两会期间，腾讯网专题制作《街拍2012两会中的30位美女记者》，网易新闻中心则列出组图《美女记者现身新闻发布会》。这些女记者中有不少人的专业技能远在男性同行之上，报道成果斐然，但大众媒介关注的却是她们的外在形象。

性别视角下的媒介研究。这类研究主要探讨两性的媒介占有程度、媒介使用偏好以及媒介使用特征，继而探索媒介使用与性别地位之间的关系。在信息传播手段不断更新的今天，两性受众可以通过多种渠道获取信息从而改变生活样态，大大提高了自主性和选择性。据美国尼尔森公司的统计数据，在18岁到50岁的互联网使用者中，女性的数量已经超过了男性，占所有网民的52%。2003年中国女性网民的增长率为19%，比男性网民12%的增长率要高出7%。比如在电子商务领域，女性的营销能力和消费能力已经打破了以往男性在商界的统治地位，可以说没有女性网民就没有电子商务今天的繁盛。

2001年，全国妇联进行了"大众传媒对妇女的影响"问卷调查，其中女性对媒介内容的选择结果出人意料。与一般性别印象中女性大都喜好服饰美容、婚恋育儿等话题有明显区别的是，有高达55.4%的女性最关注国内外时事新闻，有42%的女性爱看创业类报道。这说明，21世纪的中国女性更倾向于通过对媒介内容的选择把自己的发展融入国家发展与社会进步之中。

在过去十几年中，中国的新媒体发展为性别平等传播带来意识形态和传播技术上的双重契机：便捷的信息获取和发布特征为原本在媒介话语体系中处于劣势的女性提供了相对自由的表达平台；而交互性传播特征使多样态、包容性的性别观念得以传播，打破了性别刻板成见的主导性地位。然而，旧有的性别歧视现象借助新媒体的传播特点又产生了新的变体，情况较以往更为复杂和严峻。在尚不健全的网络管控中和商业利益的驱动下，网络传播的去责任、去道德倾向以及带有暴力色彩的性别观念和行为被强化。对上述这些新契机和新问题的研究在我国学术界尚不多见。

性别视角下的传播内容研究。这个领域一直是"性别与媒介"研究中的热点和重点，大量学者致力于研究两性在大众媒介中是如何被表现的，探讨他们的出现规律、角色模式、性别关系等。目前在网络、广告、期刊、图书、报纸、影视、新闻等领域都有大量的研究成果。总结起来其研究结论大体可以归纳为：大众媒介通过复制传统的刻板印象，强调了女性的附属地位和男性的主导地位，女性形象常见被忽视（不可见性）、失衡、刻板印象、性别误读等现象。

性别视角下的传播效果研究。大众媒介通过示范和规范作用潜移默化地影响着人们对于性别问题的观念和行为。国内外大量实证调研结果显示，接触媒体的种类、时长、方式等越不同，受众对性别内涵的认知就越不同。但是，从性别视角进行传播效果研究是有难度的，需要大量的数据、抽样、问卷、访谈和分析，对资金和人力也有较高要求。特别是研究中对大众媒介以外的影响因素的控制更是需要较多的专业知识和方法。所以相对其他环节而言，该领域目前的研究成果仍然十分有限。

从整体上看，当前国内性别与媒介研究主要集中在传播内容上，而传播控制研究、受众和效果研究较少；静态文本分析偏多，较少结合媒体运作的实际情况进行考察；理论探讨较多，细致的田野调查比较薄弱；对女性话题讨论较多，而对男性的关注较少；对性少数群体如同性恋者、跨性别者等关注较少；研究者本身的性别意识也有待于进一步明确。如此种种可提升的空间，希望本书的研究工作能够填补一二。

笔者是从研究女性文学创作、探讨女性权利开始进入学术研究的，但这部书的研究重点有了一些变化。尽管男尊女卑的等级关系仍然是目前中国性别关系的主要特征，但在实际生活中,各种性别存在样态所承受的社会压力未见得小于传统意义上的女性。正因如此,笔者在研究中更加有意识地关注大众媒介中的非女性问题。第一辑主要探讨大众媒介及其相关研究中的男性关怀意识,如杂志、电视剧、真人秀节目等媒介中男性形象的变化、男性权利的呈现等;第二辑以大众媒介中的女性形象为研究重点,兼及讨论新媒体环境中女性在媒介使用方面的现状和问题以及针对两性的新闻暴力问题等;第三辑集合的是关于儿童出版物与性别教育的研究成果,既关注本土的发展历史和实际,又注重国际比较的文化视野和研究方法;第四辑则在性别二元论之外探讨性少数群体在大众媒介中的生存现状和传播策略。总之本书在整体上避免将性别研究窄化为女性研究,让更多人的性别权利都能够进入学术研究的视野。

辑 一

　　中国近代以来对性别问题的关注可追溯到晚清时期。从那时起,在男性知识分子的倡导下,"妇女解放"议题成为建立现代民族国家进程中的重要组成部分。一个多世纪以来,女性一直作为思想文化审视中的"问题"性别而存在:她们需要被重视、被解放、被教育、被关怀……而"男性"二字则是对普泛意义上"人"的另一称呼,其性别内涵具有某种天然的完满性和自足性而不具有问题性。男性往往不会刻意从性别维度来思考自己的生存状态。即使有文化研究者从性别角度关注男性问题,男性也通常是以"压迫者"的形象出现,在女性主义批判的意义上存在。

　　20世纪80年代以降,随着中国社会文化对人的主体性存在的反思,特别是妇女解放运动的推进和男女平等观念的广泛传播,男性那些同样丰富多彩且矛盾丛生的性别需求才逐渐从"家国天下"的思想遮蔽下浮出水面。人们意识到,看似居于强势地位的"天赋男权"背后同样隐藏着性别意义上的压抑、漠视和曲解。这形成了男性特殊的心理和生理需求。而此前,这些内容既不被正视也不能诉说。

　　实际上,当某一性别被束缚在性别的刻板规范中,其他性别存在样态也很难得到真正的自由。正如南希·史密斯在诗中写道,"只要有一个女人向自身的解放迈进一步,定有一个男人发现自己也更接近自由之路"①。在维护女性权益成为社会努力践行的公共意识的今天,关怀男性需求也理应成为一个有意义的命题。男女平等强调的是性别维度上的人权,是人们自主选择性别生活方式和性别角色的主体权利,它对男女两性同时有效。本辑即以大众媒介中的男性议题为研究重点,探讨其中性别枷锁得以疏解的可能。

---

① 南希·史密斯.只要有一个女人.黄长琦,译.中国妇运,2011(1).

中国男性杂志中的性别关怀意识

男性杂志是指办刊宗旨明确表示为男性读者服务，满足他们在政治经济、文化艺术、情感健康等方面资讯需求的杂志。这是平面媒体从性别角度进行有针对性的市场细分的结果，一般不包括男性读者较多但没有明确受众性别定位的体育、财经、军事等专业类读物。

一、男性关怀意识的兴起及其商业机遇

从性别视角关怀男性需要是近些年来社会生活和大众媒介中的新话题。各种服务于男性的大众媒介也如雨后春笋般迅速发展起来，这与社会上不断变化的文化需求和市场需求是密不可分的。从社会文化的发展来看，针对男性的性别关怀意识明显增强。学者方刚早在20世纪末就撰文指出，"男人解放自己，女人才能获得权力，获得荣光。男人解放与女人解放，注定同道而行。……男性解放，在我的理想中，简而言之，便是要纠正社会文化对人的社会性别角色塑造，彻底打倒男性生活模式的权威，每个男人都具有绝对自由地选择自己生活方式的权利，而无需去管什

么'角色'、规范"①。

在过去二十几年的时间里,大多数国际一线化妆品牌都陆续在中国推出了男性系列护肤品,其市场增长速度远高于女性化妆品市场②;2011年深圳市妇联通过《深圳经济特区性别平等促进条例(草案)》③,拟将每年的10月28日设立为"男性关爱日",成年男性可以据此放假半天。深圳市妇联的家庭暴力庇护中心有25%的房间专为庇护男性而开放;包括万宝路、宝马在内的50多家世界知名企业相约在每年8月3日让男性员工放假一天,以示对"男人节"的祝贺。在社交媒体、网站、图书杂志、报纸电视等大众媒介中也出现了大量以男性为明确服务对象的媒介产品。比如男性杂志的发展势头就令出版发行业刮目相看。从2008年至2018年,中国就有20余种男性杂志陆续创刊,还有多种男性电子杂志在网上热销。种种现象表明,男性的性别境遇及其背后的商业机遇正在被越来越多的人关注。

从市场需求来看,中国的奢侈品市场和男性时尚产业迅速壮大,广告主迫切需要定位精准的男性媒体。特别是2008年世界金融危机以来,中国相对良好的经济环境吸引了境外资本的高度关注。据市场调查显示,中国男性在腕表、珠宝、汽车、艺术品等奢侈品消费中占有明显的主导地位。同时,关乎男性"面子"问题的时尚产业也异常火爆——服装饰品、美容美发、健身美体和整形行业都将男性作为新的主打客户群,一改传统意义上"男性不修边幅"

---

① 方刚.男人解放.北京:中国华侨出版社,1999:4-7.
② 世界报,2010-05-26(19).
③ 深圳特区报,2011-05-28(A04).

的粗糙印象。市场定位准确的男性媒体成为广告商急需的品牌推广平台。目前来看，中国媒体中的男性市场其广告饱和度还未达到峰值，正面临着前所未有的发展商机。

以中国为首的亚洲国家正在崛起新富一族。其中男性年龄大约在25岁到45岁之间，受过高等教育，收入丰厚。从消费习惯上来看，他们对物质生活（包括衣食住行、美容、旅游、文化娱乐和奢侈品等）要求精致化、品牌化，尤其关注具有独特个性魅力的外在形象和内在品位，体现出较为明显的"自我关怀"倾向。这在中国传统的性别文化中是不多见的——以往男性基于性别特质的情感、健康以及外在形象等需求往往受制于家国理想而没有获得充分的诉求机会。大众媒介为男性新富一族传播个性化的生活方式，介绍前沿的文化和物质资讯，提供个人修身理容的实用技巧，正在成为他们划分和确定身份归属的重要途径。

二、中国男性杂志的发展现状

1996年，中国第一本以男性为明确服务受众的杂志《时尚先生》创刊，此后20多年间曾出现过大约40多种此类刊物。1996年到2002年，男刊市场相对沉寂，寥寥几种杂志艰难生存。2003年左右曾有过短暂的繁荣时期，但一些杂志终因市场定位不清，缺少时尚产业的资本支持不得不转做其他内容。经过几年的市场磨合与调整，2008年以来，适宜的商业和文化土壤让男性杂志真正进入快速生长期。"做一本男性杂志"成为不少平面媒体进行市场转型、扩大经营范围的首选方向。

《娱乐大世界》《东方青年》《明星时代》《青年与社会》等多家杂志利用已有刊号从综合性杂志直接转做专门的男性杂志。市场销售额前几位的女性杂志,如《时装》《服饰与美容》《时尚芭莎》《瑞丽》《世界时装之苑》等不约而同地推出了独立发行的男士版。一线城市的大型超市都有男性杂志的展示专柜。"男不看刊,女不读报"的媒介使用印象正发生着颠覆性的变化。

从根本上说,是否具有自觉的男性关怀意识是男性杂志区别于其他读物的基础性标志。在这个指导办刊的核心问题上,男性杂志表现出快速生长期特有的复杂性。一方面,杂志在市场竞争的压力下努力揣摩男性的阅读期待,为男性读者提供新鲜的生活态度、生活方式和生活品质,在很大程度上打破了传统的性别刻板印象;另一方面,性别陈规和资本利益又表现出强大的现实干预力量,对两性之个体差异和主体选择的忽视甚至蔑视仍然大量存在。

观察众多男性杂志写在封面上的办刊宗旨就会发现,"泛高端、大综合、非专业"的倾向和问题比较明显。所谓"泛高端"是指不少杂志都在努力摹画一个面目雷同的预期受众:有足够的经济能力享受工艺精湛的物质生活,渴望学习投资理财和艺术品鉴赏等知识,将外在形象的修饰当作每日所需,对工作和生活有驾轻就熟的掌控感……这种乐观的"精英"想象主要是依据受众的收入、学历和年龄等可以量化的物质性指标来简单区分的。这与其说是男性读者中的精英,不如说是杂志为迎合广告主的需求而描画出的"模范消费者"的幻象。

所谓"大综合"是指众多杂志基本都统合了时装、腕表、理容、汽车、数码、读书、旅游、理财、艺术品、情色等内容，来者不拒，多多益善。这种倾向反映出男性杂志面对不同品类和层次的广告主还没有根据自身定位进行甄别和选择的能力，反而是网罗更多广告收入的企图很容易让杂志陷入非专业的境地。如果对比市场发展较为成熟的女性杂志就会发现，针对女性不同的生理阶段、心理困惑、审美需要等，我们都可以找出相对应的某种杂志，其媒介的专业化程度更高。而男性杂志还处于跑马圈地的粗放型市场积累阶段。

三、从对抗性关系到纽带性关系——杂志中男性气质的改变

美国学者玛丽琳·弗伦奇在《超越权力》一书中指出，传统的男性气质以等级制、占有、控制等为核心内涵，提倡通过竞争而不是合作来缓解人类矛盾；而传统的女性气质基于快乐和平等的原则，人与人、人与自然之间的爱、尊重、分享和理解是其核心内涵。弗伦奇将前者称为"凌驾权力"，将后者称为"赋予权力"。康奈尔在谈到性别权力关系时也指出，霸权性的男性气质一直支配着从属性的男性气质以及女性气质，不论是在个人生活、国家体制还是社会机构以及意识形态层面，这种典型的父权制权力关系都是存在的。[①]

在中国的男性杂志中，上述带有霸权色彩的男性气质

---

① Connell R. W. Gender and Power: Society, the Person and Sexual politics. Stanford, CA: Stanford University Press, 1987, p.111.

有了某种疏解的倾向。媒介对男性的个性化、多样态的生活方式给予了更多的包容和理解。尽管这种变化未必是一种整体上的观念变革，但已经成为男性杂志中不可小觑的精神力量。在传统公共视域中，男性成功与否常用钱、权、名等要素的多寡来衡量。但是，当代男性杂志一方面致力于树立业界精英的榜样形象，同时又滋长着一种明显的舒压诉求——自在自足的生活态度和自得其乐的生存技巧得到了很大程度的肯定。正如某刊物所宣扬的那样："可以没有钱，但是不能不独立；可以没房子，但是不能没有安全感；可以不下馆子吃大餐，但是不能用垃圾食品随便打发自己；可以不建功立业，但是不能没有自己的小想法、小幸福。"① 他们善待大自然，试图理解世间万物的存在之道而不是企图控制它们；他们将女性视为伙伴，钦佩她的智慧，包容她的差异，寻求她的支持；他们懂得聆听自己内心的声音，尊重身体的感知力量，不在所谓"面子"问题上随波逐流……具体而言，男性气质的改变体现在如下几个方面：

男性与自然界及他人之间的纽带性关系而非对抗性关系得到重视。在漫长的两性特征发展史上，女性因其独特的生育能力而更多地与人类的生命创造和身体养护联系在一起。像饮食烹调、儿童养育、家务劳动、情感维系等私人领域的话题多与女性有关，而绝少出现在大众媒体对男性公共形象的塑造上。然而在男性杂志中这种情况发生了改变，一些曾经用来衡量女性性别价值的要素也成为建构

---

① 达人志 Men's Uno, 2011（4）.

理想的男性形象所不可或缺的一部分，打理好家庭生活是男性成功的必要条件而不是补充条件。

美食品鉴和烹饪是男性杂志的必备栏目。与一般美食栏目重在介绍优秀厨师及菜品不同，男性杂志在此类栏目中重在宣扬一种性别生活态度：能自己动手烹饪美味又健康的食物是值得赞赏的男性素养，这显然有别于"女人应该下厨房"的传统性别观念。某杂志在专访一位男性设计师时开篇即说："见到朱锷，他刚刚逛完菜场回来。这个喜欢逛菜场和商场的平面设计师，总是于生活中发现设计的灵感。"杂志中也总能见到这样的选题：《充满色彩的厨房即使清汤也味道十足》①《有滋有味地摆弄刀叉》②《型男私房菜——自制西红柿大餐！》③……杂志所推崇的都市精英男性不仅会吃会做，而且颇能从厨房中寻找到可以确立其性别价值的无限乐趣。甚至像布置居室、冥想、养育孩子、玩玩具、种绿色植物、打游戏等这些从前很少大张旗鼓地用于建构男性公共形象的私生活内容，如今在男性杂志中都有浓墨重彩的专题策划。

现代男性的亲子之爱得到正面的肯定和彰显。男性杂志将家庭生活作为衡量男性成功与否的重要指标，这与传统意义上以事业成功来标榜男性的观念大有不同。在以往对所谓成功男士的报道中，为夫为父的温柔慈爱是一种可有可无的点缀，个人奋斗史中"抛妻别子"的艰辛是用来烘托主人公今日辉煌的道具。但在男性杂志中，亲子关

---

① 型男志 Men's Joker, 2011（7）.
② 型男志 Men's Joker, 2011（7）.
③ 型男志 Men's Joker, 2011（7）.

系非但不是点缀，反而成了成功男性生活中的重要组成部分。"对于男人来说，有两件人生必须履行的义务：一个是事业，一个是陪伴家人。只会工作而忽视家庭生活的男人，算不得是成功男人。"[1]重点策划的人物专访中透出大量不同以往的细节：国际球星科比的右臂上纹着妻子及两个女儿的名字[2]，凯悦集团高管江少樵一定让女儿把睡前的奶躺在他腿上喝完[3]，环保企业家安德森的个人简介是从他的家庭身份开始讲起："他是两个女儿的父亲。"然后才是"世界领先的商用地毯制造商，英特飞公司创始人和董事长……"[4]

在某些女性主义者的批判视野中，大众媒介总是轻视女性职业者的业务水平而格外关注其家庭身份，男性杂志则从一个别样的角度突破了这种性别理解——呼唤男性进入家庭生活，重视亲子关系，这已经成为一种显性的性别诉求。仅2011年上半年，多家刊物策划了大型亲子专题：《男人装》邀请文化名人和他们的父亲共同讲述多样的父子关系[5]；《芭莎男士》策划特别报道，追踪万里寻子的父亲彭高峰[6]；《达人志》的时装专题让年轻的男模特和两个孩子一起出镜，这组介于父亲与哥哥之间的男性角色被冠名以《温存》[7]……男性杂志所表现的父亲形象与传统意义上不

---

[1] 魅力先生 Men's Style, 2011（1）.
[2] 芭莎男士, 2011（4）.
[3] 芭莎男士, 2011（4）.
[4] mangazine|名牌, 2011（6）.
[5] 男人装, 2011（6）.
[6] 芭莎男士, 2011（4）.
[7] 达人志 Men's Uno, 2011（4）.

苟言笑、主攻意志教育而非情感教育的"严父"有所不同，杂志展示了父亲形象的多个侧面：他可以为丢了孩子而呼天抢地哭干眼泪，他可以放低身段趴在地上与孩子等高游戏，他可以接受儿子的调侃还向儿子学习……陪伴成长式的新型父子/父女关系正逐渐显现在男性杂志中。

被柔化的不仅是家庭内部的亲子之爱，男性杂志还注重引领现代男性与他人之间建立平等合作的伙伴关系。传统的男性气质常以等级制、占有、控制等为核心内涵，提倡通过竞争而不是共赢来缓解人类矛盾，而男性杂志则将爱、尊重、分享和理解构建成男性的新特质。《芭莎男士》曾专访球星科比。面对这位身跨电影、商业和体育三界的当红巨星，记者的采访重点并不在于夸耀一个优秀男人的成功秘籍，而是紧紧围绕科比与其周围人的关系而展开：

谁是你人生最好的朋友，最重要，而且一直激励你？

你父亲在你人生中是个很重要的角色吗？

你有两个女儿，你怎么教育她们的，有计划吗？

同样，在对某地产公司执行董事的专访中，记者也特别注意追问这位年轻的企业管理者在处理上下级关系时的方法。当他说"在执行每一项任务和计划时，如果所有人都认可你的观点，这代表酝酿着很大的危机"时，记者用页边手记的方式突出点评道："能听进和容纳异己之言，而不是妄自尊大，他这样的年纪实属难得。"[1] 可以看出在对男

---

[1] 芭莎男士，2011（4）.

性新内涵的诠释中，男性与世界之间的纽带性关系而非对抗性关系得到格外的彰显。优胜劣汰的竞争技巧、舍身取义的道德教化以及舍我其谁的斗争理念呈现出明显的淡化趋势。

四、多样态的男性身体形塑与消费主义枷锁

在男性的身体形塑问题上，男性杂志注入了多样的审美元素，在很大程度上突破了"不修边幅、粗糙硬朗"的传统男性理容观念。时装是男性杂志的重要话题，也是其主要的广告收入之一。在以冷色调、直线条、倒三角为特征的男装款式之外，大量原本属于女性的审美元素已经融进了男装设计中，在面料、图案、色彩和配饰等方面都有所突破。在某刊物的时装专题"轻羽力量"中，服装全部由质地柔软的面料制成，自然的皱褶在男性模特身上随形附体，大大弱化了男装的棱角感[1]。有研究表明，男性杂志中全部或部分使用花朵、树叶等曲线图案的男装数量几乎等同于完全使用直线条设计的男装[2]。在服装色彩上，粉色、橙色、玫瑰红等明快的暖色也呈现出与灰黑蓝等传统男装颜色平分秋色的态势。以下是男性杂志中的某些时装专题：

---

[1] 达人志 Men's Uno, 2011（4）.
[2] 周雨，岑清. Metrosexual 潮流在中国——对男性时尚电子杂志商业广告的内容分析. 新闻大学, 2009（1）.

"满园春色"①"淡雅风尚"②"轻薄鲜艳是王道"③"玩儿转陈规'彩色裤'的搭配守则!"④"春夏色彩法则——一枝红杏出墙来"⑤,仅从标题上其实已经很难区分它究竟是在描述哪个性别的流行趋势。

曾经以柔美为审美特质的男装图片仅仅出现在以同性恋者为潜在读者的少量杂志中,相对边缘化。但如今,花样美男已经和肌肉男、阳光男等审美类型一样受到追捧。他们有着细腻的肌肤、苗条的身材、静雅的面容,柔软的头发,拍摄背景或道具中总有色彩斑斓的花朵相伴。文字编辑常这样来描绘他们:

被清风吹过,被清泉淌过,简练、纯净、平和、飘逸的服装就像游走在湖面的蜻蜓,震颤的薄翼里隐藏着巨大的力量。⑥

长衫、亮衣、轻面料,不断绽放的鲜艳色彩,将美丽极致化。⑦

有人把这类男性形象归为女性化的一族,这种总结略显简单。他们是杂糅了阴柔、清丽、矫健、潇洒等多种

---

① 芭莎男士,2011(4).
② 芭莎男士,2011(4).
③ 男人风尚 LEON,2011(7).
④ 男人风尚 LEON,2011(7).
⑤ 时尚健康 Men's Health(男士版),2011(4).
⑥ 轻羽力量.达人志 Men's Uno,2011(4).
⑦ 穿出花朵般的浪漫,你敢吗?——阿斯图的花房梦.型男志 Men's Joker,2011(7).

气质元素而衍生出的新的审美特质，我们很难用男性、女性或者没有个体差异的中性来形容他们。严格来讲，这种身体审美是颠覆了男女有别二元对立模式的个性化选择的结果。

男性杂志不仅打破了身体审美的性别界限，而且打破了男装的庄谐界限。严肃的职业装怎样穿出轻盈活泼的自然感以抗衡沉闷的职场压力，这不仅是个审美问题，也关乎男性在职场规则中展现个性特征的权利和能力。如何打理衬衣的袖扣使之在不同的场合达到不同的效果？如何挑选一双面料、款式和颜色最为熨帖的袜子？短裤如何与西装和衬衣和谐共存？正装可以搭配哪种款式的丝巾、袖扣、手链、戒指……这些对个性化细节的高度关注正是男性杂志在打造身体形象上的一个特色。

应该说，审美元素和审美标准的多样态呈现是男性身体解放的体现。但需要警惕的是，这种解放的促动力并不仅仅是男性自我关怀意识的觉醒，更是市场经济中杂志广告利益的驱动。为了引导男性读者去消费理容产品，男性杂志的身体形塑常采取一些叙事策略让性别新特质与传统的男性规范达成某种妥协，"旧瓶装新酒"就是其中典型的策略。比如一段关于剃须之重要性的宣言写道：

散漫和随性，是软弱的表现！男子汉的生活本质就是纪律与威严！没有什么理由可以变成"不修边幅"的借口，过更讲究的生活，这才是我们应该选择的生活方式。你要对你胡子的长度和硬度负责！要好好修理它,保持清洁感,给自己的性感加分。①

文章首先大张旗鼓地批判男性生活的"散漫和随性",赞美"纪律与威严",这看似是在描画传统意义上钢铁般的男子汉形象,但实际上作者偷换了"纪律与威严"的概念,将之指代的对象从精神的恪守转换为对精致讲究的生活习惯的追求。"好好修理它,保持清洁感"的背后隐藏着不断推陈出新的剃须产品、名目繁多的护肤产品和步骤严格的理容程序。这繁复的商品化的仪式其实恰与传统文化中男性理容简单化的要求背道而驰。

在男性理容观念还没有完全深入人心的今天,男性杂志的另一叙事策略是打"速成牌"。《能否一次搞定须后舒缓和全脸调理?》②《5分钟保养大挑战》《早上出门如何偷懒?》③……兜售节省时间、步骤简单、经济实用等概念可以吸引不少中国男性读者的眼球。然而这只是招牌,读者只要阅读下去就会发现,早上偷懒就得夜间保养、省去剃须膏就得用洁面膏代替,该有的步骤一个也没少。这与其说是男性读者的颜面需要,不如说是化妆品广告推介新品的需要。

主攻身体修饰的杂志中常弥漫着浓郁的男性自恋情绪。早在1994年,英国独立报的专栏记者马克·辛普森就创造了Metrosexual一词,专门指一种新兴的都市男性群体。这个词的中文翻译很多,其中以"美型男"最为常见。他

---

① 男人风尚 LEON,2011(7).
② 型男志 Men's Joker,2011(7).
③ 时尚健康 Men's Health(男士版),2011(4).

们精心于外在打扮、热衷消费名牌，并带有明显的自恋倾向。在辛普森的定义中，一个异性恋的 Metrosexual 这样关注世界：第一是他自己，第二是其他 Metrosexual，第三才是女人。特别是在以刚毕业入行的年轻男性为目标受众的杂志中，甚至会出现不谈女人的倾向。这类杂志多围绕腕表、汽车、时装、数码、职场、运动等个人装备展开，很少涉及两性话题。某杂志曾访谈了 8 位成年男嘉宾，请他们聊聊"对男人来说特别具有吸引力的三件东西"。24 个人中，竟没有一个人回答是"性"或"女人"，清寡得有些不大真实。

  与其他消费主义潮流一样，当男性身体形塑产业发展到一定程度，其解放男性身体的思想意义就会被极大地削弱，反之一种新的性别束缚逐渐形成——杂志中的男性表现出强烈的与肉身之间的离间感，他们还未及成为身体的主人就沦为品牌之奴。他们对抗而不是包容自己的身体特征，听从时尚品牌的召唤胜过聆听身体的感受。某编辑总监在"编者按"中宣称："没有不对的衣服，只有不对的身体！瘦瘦的，能让我们所有的感觉到变得更好！买好衣服，过好人生。"[①]某位男士在购买了名牌鞋子之后变得步态轻盈、信心满满。镜子前他对自己说："瞧，这才是我呀！"[②]一次夜间沙滩派对，某男士坚持穿着白色名牌皮鞋参加。沙子像水一样见缝就灌，整个晚会他不停地找地方坐下来，脱鞋、抖沙、拍脚，心里却默念"丑鞋勿扰我人生"[③]。在这些有些夸张和滑稽的镜头中是一群正在和自己的肉身

[①] 达人志 Men's Uno，2011（1）.
[②] 达人志 Men's Uno，2011（4）.
[③] 达人志 Men's Uno，2011（4）.

进行搏斗的男人。他们被物质消费主导下的时尚潮流牵引，当无法用学识、阅历和气魄注册自己的身体时，天然的个体差异就成为其跻身潮流的绊脚石而不是独特魅力的标识牌。

五、男性欲望表达中的话语霸权

在中国大众流行读物上，以调侃和戏谑的姿态公开谈论性话题还是近十几年的事。以《男人装》为代表，一些男性杂志颇为自己能在出版监察的严密控制下打出性感牌而沾沾自喜。研究发现，在男性的性欲求得到肯定的同时，男性杂志却在另一个极端上强化男性的性能力，甚至在笔调上形成某种意识形态上的暴力倾向：性能力的高低才是区分好男人和非男人的标准，是男人就必须具有旺盛的性欲望。如果一个男人不能随时随地燃烧持久的性激情，不能对女人的肉体产生欲望，没有足够尺寸的生殖器官，都会遭到尖锐的讽刺和排斥。原本受情绪、体力、环境等因素影响随时可能产生变化的人类性活动，却俨然成为性别族群内划分等级的标尺。

大和小，长和短，这是编辑们孜孜不倦的话题。比如某杂志号称是"中国男性的形象顾问"，有意思的是，刊中对服饰审美内涵的诠释十之八九都会引向床上运动。服饰配搭的目的似乎不是为了保暖和审美，俨然变成了前戏中的道具，意淫中的能指。时装潮流本身不再是行文的目的，文字游戏是在延宕欲望燃烧的节奏，同时又为它增加薪火。连这类杂志中的广告也充满了性的意味。有时如果不是置于特定的语境中,读者简直不知广告主体为何物。比如:酸奶广告——只能用舌尖来传递;汽车广告——收缩劲量,强力推动;要放电就放电,都市节奏;要喷射就喷射,野味奔腾;旅行箱广告——旅途艳遇的硬装备……

甚至像艺术品和奢侈品赏鉴这种具有相当专业性、知识性的话题,某些杂志也要为之披上提升男人性魅力的外衣,仿佛人类的全部文化艺术史和科技史都在重复着一个目的:把女人吸引上床!一篇介绍西方印象派绘画的文章自称:《懂艺术的男人,让女人膜拜——印象派的三重境界都是甜言蜜语的感受》[1],而鸡尾酒的品鉴则被解释成《DIY鸡尾酒提升艳遇指数——让夜色更有激情》[2]。无处不在的"性"既满足了中国男性压抑已久的欲求,又在无形中为他们套上新的性别枷锁。对性能力的极端重视从一个侧面反映出男性杂志的制作主体对掌控世界多少还有些惶惑和自卑。当金钱、地位、女人等一切都还是未知数的时候,赤裸裸的性能力成为男性完成想象性征服的重要手段。

除了性话题,一些男性杂志也将暴力元素看成是男性之必需,对战争、武器、犯罪、黑社会等流露出特殊的迷恋,甚至很多没有时效性的历史旧案都会被翻出来反复咀嚼。尽管记者假意从批判的角度抨击其中的杀戮行为,但字里行间又会表现出对暴力细节的盎然兴趣。20 世纪 80 年代,美国曾出现过杀人狂魔拉米雷兹。事隔 30 年,我国某男性杂志仍在不厌其烦地回顾其杀人细节。杂志在黑底色

---

[1] 男人风尚 LEON,2011(7).
[2] 型男志 Men's Joker,2011(7).

的页面上印有浸染开来的血渍，用大号字体单独突出"一名80岁的受害者被他用锤子砸死，而由于用力过猛，以至于锤头把都裂开了"。连死者临终前的喉鸣、罪犯身上所谓"死人"的气味都描画得细致入微。①

戾气不仅体现在对新闻旧事想象性的钩沉中，一些暴力元素赫然出现在对女性人物的处理上。在很长一段时间里，大众时尚读物习惯以女性暴露的尺度试探媒介监察的底线，欲盖弥彰的意淫效果是中国媒体喜欢的意境。但如今，冰冻、武器、血、绳索等带有性虐意味的元素也在浸染着"中国式性感"的内涵。秋冬之际，多种男性杂志在超常低温下无保护地拍摄裸体女模特。在某本号称给"会疼爱女人的新好男人"看的杂志中，女模特巨大的胸部特写上赫然布满了冻出的鸡皮疙瘩。②编辑对此津津乐道："秋风瑟瑟的季节里，穿着火辣的比基尼，在凉哇哇的水中扑腾4个小时，还要被镁光灯闪来闪去，这事儿放在哪个姑娘身上，都得扭扭捏捏牢骚满天，但李曼就是例外中的例外。"不知将编者的母亲或姊妹换作李曼，这个"会疼爱女人"的男编辑还会不会如此赞美她所谓的"敬业精神"。

某杂志在介绍一位"全球最性感的女人"时说："她美丽动人，身材火辣，当过处理枪伤的外科护士。"这是一篇引进版的文章，与英文原文不同的是，中国编辑将"枪伤"二字突出表现在目录、简介、摘要等多个位置。武器加上性感的女体，编辑们认为这满足了男性更多的感官需

---

① 芭莎男士，2011（4）.
② 风度，2009（11）.

求。实际上在英文原文中,这位女士的前期职业是手术助理护士,她协助处理一切常规外科病症,包括剖腹产、截肢、开颅、器官切除等,枪伤只是其中很少的部分。[①]可见,男性杂志的把关人正在从欲说还羞的扭捏之态转向主动挖掘暴力细节以刺激读者的感官。

应该承认,在原本以性为丑的中国传统文化语境中,能让性欲望堂皇地成为大众时尚读物的座上客,男性杂志功不可没。那些自视给中国男人带来欲望福音的编撰者们多少带有一夜暴富的轻飘和张狂,然而好色终于可以说出口,这对两性来说无论如何都是个好消息。遗憾的是,他们所演绎的"中国式性感"并非真的发现了两性自由和谐的鱼水真谛,而仅仅是在商业需求和男权思想的双重作用下一种有限度的自慰。

六、两性关系中的男性自我确认

翻阅男性杂志,就像在品读一部男性的性别成长史。如果我们选取特定的角度,审视女性如何辗转于"他"的生命之中,将是很有文化意味的。男性想象中的女性是怎样的?"她"是胸大无脑的充气娃娃,还是不可驾驭、爱恨两难的美杜莎?抑或惺惺相惜的人生伙伴波伏瓦?……不同的男性杂志以不同的眼光定义女性,从中可见男性怎样考量自己。

在不少男性杂志中,男性与女性的关系被宣扬成赤裸

---

① 时尚先生,2010(12).

裸的猎手与猎物关系——女性人物的话语等级中与广告商品处于同样的地位，其物化女性的意图可谓毫无遮拦。男性在品鉴某种物品时总会勾连出对女性肉体的享用。女人如衣服："即使充满跳跃的色彩，也要让它追随你的风格，就像面对再热烈的女人，也要让她乐于追随你。"女人如食物："要目不转睛地盯着锅！而不是身边美味的她！"（厨师正在烹饪）女人如箱包："对于男性来说，包的风格，就有多种不同的含义，他的经历可以通过包来表现，他对女人的口味也可以在包上闪现。"女人如饰品："女人是男人最好的首饰，珠宝是男人醒目的色标"[1]……

被物化的女性形象有一个突出的特点，就是不能具有独立思考的能力，不能与男性在精神层面平等地对话。某些男性杂志更愿意在调侃女性的"弱智"中享受乐趣乃至找到男人的自信。总体来看，这类持物化女性立场的杂志明显表现出对女性职业能力的回避，以公开嘲讽她们的文化修养为乐事。比如对女艺人的采访重点探讨其如何享受物质生活，如何看待自己的性感之身，旨在突出女性与物质消费之间的紧密联系。而对男艺人的采访则通常围绕其职业规划、表演技巧和人格魅力来展开。正如有学者在评价男性杂志中此类描述时所指出的，"无一女性可以幸免在文字上被白痴化"。

在刊登了某女模特的近裸照片之后，编辑手记以嘲讽的口吻写道："拍摄结束后，我们用微博采访'校花'孙文婷。（她的回复）通篇没有一个错别字或者标点符号错误。

---

[1] 男人风尚 LEON，2011（7）.

这个校花很难得！"①字里行间透露出浓烈的对女性心智的挖苦之意。

又比如某杂志长期设有"美女随堂考"栏目，小编佯装随意街访女性，考问她们一些流行话题。这些看似偶遇的姑娘竟都一致地摆出诱惑的眼神，露出乳沟、大腿或肩膀；更惊人一致地对问题的答案不知所云，最后被小编乐不可支地奚落一番。在另一篇预测中国男子足球超级联赛结果的娱乐性文章中，编辑请来三位"预言家"：一只小狗，一只乌龟，还有一位女编辑，分别给"它们"提供最爱吃的食物以鼓励"它们"预测球赛赢家。最后，爱吃巧克力派但对足球常识一无所知的那位女编辑在男同行的"喝彩"中胜出。②

如此种种，男性杂志正在借助弱智女性的符号来想象性地完成自我肯定。在一些媒体人的潜意识中，被戏弄的是一只乌龟还是一位女性并不重要，他们迫切需要在贬低他者的基础上建立自身的优越感。这不是男性对自身渊博学识的单纯夸耀。当男性像占有私有财产一样企图控制女性的时候，他们需要在文本中尽可能剔除女性独立思考的主体能力，以提高性别掌控的安全性和可能性。在调侃这些肉身的集体性"弱智"中，男性不仅找到了性别的荣耀感，而且轻易地完成了对猎物的想象性占有。

但是让杂志编辑始料未及的是，这些所谓的"猎物"在文本缝隙间同样在把玩着男性读者。她们对男性的窥视

---

① 明星时代·他生活 Hislife，2011（8）．
② 男人装，2010（11）．

之眼了然于心,她们知道怎样牵引着男人进入假想的胜利中。她们说,"我清楚这一切都是围绕着我的身体。我想给杂志的读者看到他们最想看到的,我也清楚我的身体能够吸引他们的目光"[①]。"男人看到我的身体有想法,就像女人看到性感的男人照片也会一样入神。那些猥亵的回复,我通常会一笑而过,你不觉得这是我有魅力他们才会关注么?"[②]……

这些被观赏的对象主动引领着男性的目光,操纵着他们的欲念,同时清醒地知晓他们对自己身体的需求。很难说这样的"被看"就是某种主体性的丧失,这样的"迎合"就是混沌无知。男性对她们只能是一种意念上的占有,而在她们,永远听从内心的需要进行身体的选择,永远不会真的被那些口水读者捕获。谁能说清究竟谁在掌握着主动权?

值得注意的是,在受众定位日益细分的出版市场中,读者的文化层次也在一定程度上影响着男性杂志对女性形象的呈现。并非所有的男性杂志都以物化女性、贬低女性能力为乐事。在一些受众文化层次相对较高的男性杂志中,女性是富于智慧启迪的人生伙伴,她们既可以与男性志同道合,也可以有自己差异化的行为方式。男性由衷地欣赏她们的智慧,既不神化也不贬低。

这些杂志将女性人物置于互赏共悦的人生伙伴的位置,而不是缺少主体性的性感尤物或消费狂人。以《mangazine|

---

① 男人装,2010(11)。
② 时装·男士,2011(1)。

名牌》《时尚健康 Men's Health（男士版）》《时装·男士》等杂志为代表，对女性职业能力的尊重已经成为不少编撰人员的自觉，其性别平等的意识甚至超过了某些女性杂志。据统计，在上述几份杂志专访过的业界精英人物中，有35%左右的主人公是女性职业人，这些报道从访谈重点到评价标准都与男性专访没有明显差异。受访人的成功之道、家庭生活、个人情趣等内容没有因性别因素而产生报道侧重。

不少杂志同时聘请男女两性专家作为嘉宾，为男性读者在理财、收藏、健身等方面提供指导，有的栏目甚至全部聘请女性专家作为嘉宾。可见，是个人业绩和人格魅力而不是某种性别成见才是杂志选择专家的首要标准。男性杂志甚至比一些主流媒体更彻底地破除了对男性权威的迷恋，表现出程度较高的开放性和包容性。能兼容伙伴的差异，学习伙伴的优长，这不能不说是男性自信力正在提升的表现。

这类杂志同样关注女性的身体和男性的欲望，但更追求彼此尊重、彼此眷顾的性爱关系，主张相互体谅、共同愉悦的性爱目的。较之性感女郎的评选活动，这样的媒体策划显然在关注男性经验的同时，也将女性的感受置于同样重要的位置。以《时尚健康 Men's Health（男士版）》为代表，刊物专门聘请女性编辑来主持"两性"栏目。通过女性的视角，男性读者可以了解女性喜欢什么样的男性，怎样和女性进行沟通，特定环境下女性的生理和心理感受是什么等等。比如：

研究表明，如果你能让她乐起来，你的吸引力可就非同一般。……如果你是讲笑话的人，吸引异性的成功率是43%；但如果只是听众，那么成功率就下降到了15%。

研究人员耗时16年，调查了数百对伴侣解决争端的方式。结果发现，如果一方试图讨论问题，而另一方沉默不语，这样更容易离婚。闭嘴不谈在你看来可能是冷静的表现，而她却会觉得你没有诚意继续你们的关系。

有人说，性和体育是国际男性杂志的两大法宝，这里的"性"通常是指对女性身体赤裸裸的赏玩。如果说欣赏异性身体之美是两性自然的欲求，那么这些男性杂志在满足男性观赏之需时兼顾了女性读者的阅读体验。基于对两性身体感受的体察和尊重，双性和谐成为这类男性杂志追求的真正健康的生命形态。

七、男性关怀意识与广告利益之间的博弈

尽管男性杂志正面临着前所未有的商业和文化契机，但这并不意味着它已然可以独立应对媒体市场的需求和变化。实际上，多数男性杂志都有境外版权的合作关系，后者携带的广告主和原创内容是我国男性杂志赖以生存的重要依托。在个体价值长期让渡于集体利益的中国文化语境中，性别关怀意识或多或少有些先天不足。编撰人员还不能完全针对中国读者的丰富需求创造出充分本土化的性别

媒体。

从商业角度来看，时尚杂志其实是广告商向消费者传播企业文化、推销商品的平台。除了刊物本身，男性杂志在多种媒体公关活动中履行着这种中间职能。比如《男人风尚 LEON》携手某品牌男装向世界 500 强企业的员工讲授着装技巧；《mangazine | 名牌》杂志常年举办华人精英会，汇集知名男士的人气以提高大会冠名品牌的社会影响力；等等。其中男性杂志对两性生活的观照角度和深度在很大程度上受到广告利益的左右。当与广告商业利益一致时，杂志的性别关怀意识会得到积极顺畅的表达；反之，性别观照则会受到商业利益的控制而产生变形甚至与文化关怀南辕北辙。

比如近年来不少男性杂志将环保意识当作一种文化时尚注入男性素养的建构中。当性别特质的完善与商业利益产生摩擦时，杂志文本就会出现大量自相矛盾的价值立场。在同一本杂志中，我们会看到这样的现象：杂志一面展示某位环保者为反对乱砍滥伐孤身在一棵 1500 岁的红杉树上住了 738 天，一面又用大量笔墨渲染用珍稀树种制成的家具如何精美绝伦品位非凡；刚刚赞叹了挑战零垃圾的贾斯汀 20 天之内制造了 5 克垃圾的世界纪录，转而又描写某企业赞助的怀旧音乐会装潢恢宏、饮食精美，正好契合嘉宾们尊贵非凡的独立品位。[①] 奢侈品旧物收藏是环保，稀缺手工技艺是环保，开采珍贵水资源卖天价饮用水也是环保，环保伪饰掩盖了这些行为背后巨大的商业利益。很难说这

---

① mangazine|名牌，2011（6）.

还是一种提升男性媒介素养的纯粹的文化反思。

综上所述，快速成长的中国男性杂志正在为两性自由发展传播着新鲜的性别理念，动摇了压抑个性、轻视主体的性别陈规。但是多种话语权力仍在干扰着中国男性杂志性别关怀立场的稳定性：传统男权文化的积习、版权合作方的文化扩张需求、广告主的利益驱动、男性杂志市场的同质化竞争……诸多因素正在考验着杂志编辑出版者的性别意识。尽管不少男性杂志尝试突破已有的性别窠臼，为两性展示差异化的个性生活提供了平台，但不可否认，为性别身份强行贴上标签的做法仍然普遍存在于男性杂志中。如果说内容创新是大众媒体保有市场的有力武器，那么缺少性别关怀的模式化制作正在成为男性杂志的发展瓶颈。

都市情感剧与男性媒介形象的新变化

都市情感剧是指以都市生活为背景，以市民阶层的价值取向、生存哲学和审美喜好为文化依托，以都市人群的情感经历为主要叙事动力的电视剧类型。近年来，随着表现内容的丰富、表现手法的多样和剧集数量的不断增多，这类剧越来越受到关注。它们对当前社会上存在的家庭伦理、社会道德等问题进行了不同角度的探讨，并做出不同的道德和价值判断，从而折射出现代人以恋爱观和婚姻观为核心的感情观和价值观的变迁。从性别视角来看，以电视剧为代表的大众传媒既传递出男性关怀意识的增强，又参与了社会性别观念的重新建构，其中男性形象的新变化更是引人关注。

本文以《媳妇的美好时代》《婚姻保卫战》《裸婚时代》《男人帮》等十余部市场反应强烈的都市情感剧为研究对象，梳理男性形象在容貌服饰、社会角色、家庭角色和人际关系等方面的新变化以及其得以产生的现实原因，从一个侧面考察当前电视剧中性别观念的时代特点。

一、男性的爱美之心得到正面鼓励

爱美之心虽人皆有之,但在我国传统的性别规范中,只有女性被鼓励在公共语境中表达对服饰美容的追求,美貌也是衡量女性社会价值的重要标准之一。而男性的社会价值通常取决于事业的发展,"不修边幅"是可以被社会接受的男性特质。在电视剧制作中,男性角色的服饰设计通常以符合剧情和人物性格为标准,很少刻意表现男性对外貌审美的主体性追求。但是近年来一些都市情感剧却正在逆转这一传统,男性角色也被大张旗鼓地打造成为都市风尚的审美名片。

在被称为男人版"欲望都市"的《男人帮》中,三个男主角的服饰色彩明快,配饰变化多样,风格时尚前卫,给观众呈现了一场造型丰富、个性气息浓郁的时装秀。这种审美演绎已经具有了相当独立的传播价值,是男性人物特征中不可或缺的组成部分。孙红雷在《征服》《潜伏》等作品中塑造了不少硬汉形象,而在《男人帮》中,他扮演的自由作家顾小白却对服饰的细节搭配情有独钟。顾小白的标志性造型是一件半长款大衣,搭配各色围巾和各色板材眼镜,几乎每集都有一个新造型。据笔者统计,顾小白在30集中共换过20多副眼镜,开场前5集内就配搭了7副。材质以板材和金属为主,造型上全框、半框、花纹、黑白撞色等不一而足,表现出人物的文艺时尚气息。黄磊扮演的罗书全则在服装色彩的使用上极尽能事。他经常穿着红色、橘色、草绿色等明快的衣服,并善于用围巾进行搭配。黑色夹克配宝蓝色围巾,红色针织外套用红黄色围巾,灰色毛衣加紫色羽绒马甲。罗书全是个软件工程师,如都市里大部分年轻人一样辛苦奔波。他用鲜艳出挑的色彩点亮了都市男性的日常生活。

男性的爱美之心不仅体现在服饰搭配上,电视剧也开始表现男性对理容的需求和体验。顾小白第一次去美容院显得无所适从,但美容之后却发现皮肤确实发生了变化,黑头和色斑都不见了。他一边走路一边照镜子,由衷感慨自己"真漂亮",也想办一张会员卡。女朋友说:"你这样真的很漂亮,谁说男人一定得是糙老爷们儿呢。"在电视剧《大丈夫》中,教授欧阳剑为博得岳父岳母的欢心到美容院做护肤,发现自己果然年轻了许多。他不禁思忖"难怪她们(妻子和女儿)都往美容院跑"。男性健身理容业虽然在世界范围内早已是成熟的产业,但在中国还属于近十几年来的新兴事物,有勇气表达对自己身体的关注并非易事。平面媒体先于电视媒体关注此类产业。在上一节提到的男性杂志中,《时尚先生》《男人装》等都有固定的理容与服饰版面,更有专业关注男性容貌的杂志,如《服饰美容(男士版)》《男人风尚 LEON》和《时尚健康 Men's Health(男士版)》等。他们近年来都保持着较好的市场份额。

《男人帮》播出后,男主角们的独特外形迅速走红,其火爆程度甚至超过了剧情本身的传播影响。在该剧植入的广告"京东商城"中,孙红雷以剧中主人公顾小白独特的调侃语体宣告着年轻人的服饰新潮:"眼镜要戴没有镜片的这种。看不清?戴隐形啊。""西服不一定要搭领带,混搭才是王道。""里面一件POLO衫,外面一件格子衫,再加一件修身夹克衫。什么是格调?领子越多,越有格调。"广告所引发的不仅是同款服饰的热销，更标明了大众文化对男性在公共语境中追求服饰之美的认可和支持。

二、男性的家庭角色价值被重新定义

男主外女主内的传统性别分工在电视剧中曾长期占据主导地位。男性人物大多被设置在军事、政治和工作场景中出现。而在琐碎的家庭事务中，男性形象往往是模糊的。他们或者忙于事业无暇顾及家庭，或者以死亡、惧内等形式回避出现在家庭矛盾的主线中。实际上，夫妻双方各有事业并且共同承担家务劳动是当代中国比较普遍的家庭模式。正如女性的职业能力日渐提高，男性的持家能力也受到越来越多的关注。在近些年的都市情感剧中，男性作为丈夫、儿子和父亲的角色得到了较多表现，并被赋予了新的符合时代潮流的性别内涵。

首先，家庭"煮（主）夫"形象得到正面呈现，而不再被视为男性事业失败之后的无奈之选。在电视剧《婚姻保卫战》中，妻子热爱事业，丈夫许小宁主动放弃工作，专职在家买菜做饭、照顾孩子等。与以往的居家男人"英雄气短"不同，许小宁对"煮夫"一职乐此不疲。他不仅将家庭事务处理得井井有条，让妻子女儿开心舒适，还在繁重的琐事中找到了满足感和成就感。许小宁在劝慰另一位"煮夫"时表达了平衡心态的关键："一个男人一辈子只扮演大丈夫这一个角色多单调。既然上天已经把一个新的角色送到面前来，就要充分发挥主观能动性，利用有限的时间创造出各种各样无限的可能，把煮夫当成一种新的角色。"电视剧《夫妻那些事》中的王长水是一位机关公务员。尽管他的工作不那么有创造性，但他承担了全部家务以支持妻子的事业。在王长水眼中，照顾好家庭生活是他最大的价值体现，他深感荣耀和快乐。

尽管编导对这些"煮夫"形象不乏调侃和夸张，但从叙事立场上来看，这些人物都以温暖细腻友善的特质获得了正面的表现。这不仅丰富了中国男性的性别角色内涵，更在很大程度上突破了传统文化对家务劳动的社会价值的认定。通过表现这些"煮夫"从纠结到平衡的心理演变过程，编导意在阐明，家庭内务不是低级次要的"小"事，它是男女两性都应该掌握的生活技能，也是两性都应该承担的社会责任。颇有意味的是，"煮夫"现象并不是简单的性别角色互换。实际上，当代都市情感剧中的男女主人公在"主内"与"主外"的角色之间可以自由出入，其关系更像是并肩一起"上得厅堂下得厨房"的合作伙伴。"煮夫"许小宁（《婚姻保卫战》）在妻子的事业瓶颈期挺身而出，一人到外地讨债；他未雨绸缪地为妻子购买财产保险，规避了破产；他学习网店经营技巧帮妻子打开销路。而原本打算婚后做主妇的陈梦（《婚姻保卫战》），在丈夫住院期间将家里的公司打理得井井有条，吸引了不少新客户，并受到员工的欢迎。

其次，全能奶爸形象也可以成为电视剧的主角。自古严父慈母的传统思想一直将父亲定位于孩子意志力的培养者，而日常起居照料之责都在母亲。正如流行歌曲《常回家看看》中唱道，"生活的烦恼跟妈妈说说，工作的事情向爸爸谈谈"。实际上，现代社会要求父亲和母亲共同承担起养育和教育子女的职责，父母在孩子成长过程中扮演着同样重要的角色。这不仅是男性的责任，也是他们的权利。

在当代都市情感剧中，能身兼传统的父职与母职的男性角色并不少见。《我爱男闺蜜》中的男主角方骏独自将年幼的妹妹抚养成人，并愿意继续抚养妹妹离婚后生下的孩子。方骏却没有被刻画成一个悲情的孤儿形象，他在磨难面前依然保持着乐观积极的生活态度。《婚姻保卫战》中的丈夫许小宁，从女儿出生后就全职陪伴其成长。在他的照顾下，女儿乖巧懂事，整洁漂亮，具有很好的性格和教养。电视剧所表现的男性照顾子女的能力和天分并不比女性弱，甚至可以做得更好。《小爸爸》堪称是一部父亲成长小史，它专门讲述男青年于果对"父亲"这一身份从抗拒到热爱的演变过程。于果的儿子夏天是前女友偷偷生下的。前女友意外去世后，夏天回国认父却遭到于果的抗拒。然而随着父子俩的相处，于果全心全意地爱上了儿子，也逐渐学会了如何照顾孩子做一名合格的父亲。他给孩子洗衣服做饭，外出游玩，穿上花围裙烤披萨，甚至自己学着做蛋糕。小爸爸于果在各种磨砺中成熟起来，成为更有质感的男性。

这种以父亲的成长为主线的电视剧在以往的荧屏上并不多见。如今男性已经全面介入对子女的养育和教育过程：他们既能妥善照顾孩子的生活起居，也能与孩子平等地交流对话，降低身姿陪伴孩子玩耍。应该说，从"严父"到"全能奶爸"的变化是男性性别角色的丰富，他们不必再板起面孔回避温情，亲子之爱显得触手可及。

再次，做婆媳之间的"双面胶"成为男性的必修课。婆媳矛盾是电视剧经常表现的主题。以往的电视剧倾向于将男性塑造成这一对矛盾的受害者,他们常夹在母亲和妻子之间左右为难,愁眉不展。近年来,《媳妇的美好时代》《裸婚时代》等电视剧中开始出现在婆媳关系中游刃有余,甚至能化矛盾为利好的男性形象,体现出男性在家庭生活中的别样智慧。

男人余味(《媳妇的美好时代》)的家庭关系有些复杂,生母和继母矛盾丛生,妹妹受意外打击情绪阴晴不定。婚姻生活开始后,妻子面对两位婆婆的较量和小姑子的故意刁难几次陷入绝望。然而余味没有逃避也没有抱怨。他乐观地穿梭在各种矛盾之中,为家庭成员创造沟通了解的机会,在生活中制造正能量感染大家。他既维护了婚姻的稳定,也带给家人更多的欢乐。《裸婚时代》中展现的婆媳矛盾更加激烈,夫妻双方的家庭在消费观和生活方式上有着明显差异。男主人公刘易阳不愿意伤害任何一方,就放低姿态想尽办法调解矛盾,一个为家人和谐幸福甘于隐忍奉献的现代年轻男性形象深深感动了广大观众。如果说叱咤在战场和职场的男性需要机智和勇敢,那么辗转在家庭矛盾中的男性也同样表现出高妙的生活智慧,后者更于细节处尽显男性魅力刚柔并济的立体感。

研究发现,不论是丈夫、父亲还是儿子角色,这些男性形象的社会工作身份都被有意识地淡化了,情感纠葛成为展现男性人物的主线。他们似乎全天候为妻子和家人待命,在矛盾出现时总能第一时间赶到现场施以援手。这是一种性别价值观念的转变——能把家庭和情感放在首位,为了家庭生活幸福而努力调整自我的男性被编导赋予了正面积极的评价。据调查,都市情感剧的受众中女性占的比例远高于男性。这些电视剧之所以广受欢迎，在很大程度上反映出当代女性对好男人的评价标准正悄然向着多样化发展。

三、男性之间的日常友情变得妙趣横生

关于同性之间的友谊，影视作品在表现时有很大的区别。女性之间可以有丰富的肢体动作和无话不谈的情感交流，闺蜜间的友谊是以亲密的情感慰藉为底色的。而男性之间的友谊则多带有两肋插刀、同仇敌忾的战斗色彩。他们不注重个体之间情感细节的表达，也较少肢体接触。彼此忠诚但又情感独立是男性友谊的特色。

以往电视剧对男性友谊的表现多见于宏大叙事的军旅题材和历史题材，现代日常生活中男性之间的情感表达很少被浓墨重彩地表现。在近年来的都市情感剧中这一情况有所改变。"三个女人一台戏"的传统叙事模式被打破，男性间的友情被赋予了更多日常化、细节化和情感化的表现方式。

男人之间可以是分享生活经验的"煮夫"联盟。《婚姻保卫战》中三个家庭"煮夫"整日结伴进行家庭采购、到健身房锻炼身体、分享厨艺家务心得、互相倾诉烦恼。他们甚至组成"夫联"共同面对夫妻矛盾。男人之间可以是分享爱情困惑的"男人帮"。《男人帮》花大量笔墨展现三个男性如何交流爱情心得。每当遇到情感困惑，他们不会碍于面子独自逞强，而是第一时间向其他两位朋友求助。一面是娓娓倾诉，一面是出谋划策，该片淋漓尽致地展现

了三个男性闺蜜之间的温情友谊。男人之间还可以是亲情友情共存的兄弟联盟。《北京青年》中的四位男主人公是堂兄弟。由于各自的家庭矛盾，四兄弟联手出走到其他城市奋斗梦想。他们不仅在生活中朝夕相处，也在事业与情感上相互帮扶共同成长，演绎出介于亲情与友情之间的深厚情谊。

无论是哪种形式，男人之间的友谊已经不仅仅是率真的战友豪情或是道德意味浓厚的"生死之交"。他们注重私人生活的细节，情感上相互慰藉，话语细腻温和。这种原本较为阴性的情感表达方式让男性人物具有更加丰富的性格层次和人格质感。

四、男性电视形象变化的现实语境

男性形象在电视剧中的变化有其深厚的现实文化土壤。两性的社会角色刻板印象与社会生产力发展水平直接相关。在依靠重体力劳动的狩猎和农耕文明中，男性负责外出打猎耕种，女人负责采摘和家务，由此形成男女有别的社会分工。时至今日，先进的科学技术和电子工具使社会劳动的体力强度大大下降，两性生理条件的差异逐步被科技弥合。特别是随着互联网的快速发展，许多人足不出户就可以胜任工作。在教育机会均等的前提下，这一改变为女性提供了更加丰富的就业机会，同时也为男性投身家庭生活提供了可能——两性都拥有了更多自主选择社会角色的自由。《婚姻保卫战》播出后，网易女人频道曾做过一期题为

《肯做"家庭煮夫"是男人伟大的进化》的网络调查。[①]网友认为,男性将家庭事务料理得井井有条,在家人遇到困难和矛盾时有化解的智慧,这样的男性值得敬佩。许多女性网友留言表示,如果夫妻从家庭全局的角度经过协商达成共识,不管谁主外谁主内都是可以接受的。

据统计,英国有60万男性在家里当全职丈夫,是10年前的10倍。在美国,至少170万名失业的已婚男子靠妻子来支付家庭生活账单,一家电视台还为此开播了名为《好莱坞"家庭妇男"》的节目。[②] 2010年日本政府制定了《育婴及家庭照料休假法》,雇主必须允许家有3岁以下幼儿的男性雇员工作日上班6小时。在某些情况下,为人父者可免于加班。日本厚生劳动省发言人山口正幸说,这些措施旨在帮助父亲们在工作和生活间实现平衡。[③]在中国,"全职奶爸"已不是另类的男人。旨在"专注提升奶爸水平"的网站和微信公众号层出不穷,如无忧奶爸网(www.51baba.cc)、全职奶爸网(www.qznaiba.com)和公众号"科学爸爸""一小时爸爸"都有很好的网民支持度。即使不是全职,很多爸爸的育儿参与意识也在逐渐增强。京东商城甚至推出了以"超强奶爸节"为主题的促销活动,主打广告"谁说男人不养娃"。

应该说,这些现象的出现并不意味着传统性别角色的

---

① 网易女人频道,http://lady.163.com/special/baowei/.

② 2010-05-10.网易新闻.(http://news.163.com/10/0510/14/66B21JJG00014AEE.html#).

③ 王一宁.日本立法鼓励男性休假在家看孩子.工会博览(社会版),2010(7).

机械互换，它彰显的更多的是时代文化对男女两性自主选择生活方式的尊重和关怀。在相当长的时期内，学界和业界都把性别解放偏狭地理解为女性解放。而如今性别刻板印象曾经为每个人穿上的紧身衣正在逐渐瓦解。

中美比较视野中的真人秀节目
与男性形象建构

  本文以中美两国曾经热播的《婚姻裁判》《爱情保卫战》等若干档真人秀节目为基本研究对象,结合量化和质化研究的方法,在文化比较的视野中重点探讨电视媒介在表现现代男性形象时如何努力破除传统的性别规约,彰显其性别主体性。这一过程又如何受到商业利益和文化窠臼的影响而产生变异甚至举步维艰。

  自1965年美国首播《相亲游戏》以来,婚恋真人秀节目在全球范围内发展迅速,目前正处于快速发展期,在世界各国屡创收视纪录。这类节目大致可以分为相亲择偶、夫妻/恋人情感矛盾调解、夫妻/恋人娱乐竞技等几种样态。婚恋真人秀节目一般邀请两性嘉宾在节目中展现他们在现实婚恋生活中的困惑、渴望和快乐,在专家团队和广大观众的帮助下达成男女双方有关性别方面的愿望。美国的《男才女貌》《为爱情还是金钱》、英国的《带我走吧》《爱的传送带》、法国的《爱的火花》、德国的《农民找老婆》以及中国的《非诚勿扰》《为爱向前冲》等都属于此类节目。

以此类节目为研究重点探讨电视节目中的男性关怀意识基于如下考虑：这类节目的议题直接与两性生活有关，节目嘉宾是男女双方共同出场表现，真人秀的形式使节目具有较高的现实针对性，这些特征都可以帮助我们更为真实客观地把握和比较男性关怀意识在中美大众媒介中的异同。

一、男性身体形塑中的主体性体现

在过去的二十几年间，随着中国男性时尚产业的井喷式发展，男性的理容观念正发生着根本性的变化。服装饰品、美容美发、健身美体等行业纷纷将男性作为市场细分后的重要客户群，这改变了传统意义上男性"不修边幅"的刻板印象。反映在电视文化中则表现为多样态的男性形塑得到了相当程度的包容和尊重，这在电视剧、情感谈话节目、娱乐节目中都有所体现。中国对这一改变的接纳程度甚至超过了美国主流的电视文化。

婚恋真人秀节目的男女当事人在外形塑造上大致经历了以下三个阶段：两性都以素面朝天的自然状态出场、单独为女性打造具有舞台戏剧效果的形象、凸显具有差异化特质的男女两性形象。目前大部分节目都已经进入第三个形象塑造的阶段，节目组通常会请造型师根据男女嘉宾的个性气质从发型、面妆、服饰等方面为其塑造独特的外在形象，其中男性形塑的多样化趋势是近几年来的新亮点。

在《爱情保卫战》节目中，男性当事人的年龄跨度从20岁到60岁不等。在对他们的身体形塑上，从前严格分属于不同性别的审美元素被灵活地运用起来。有穿着正装、细节精致的职业型男士,有身着艳丽花朵图案并佩有耳钉等饰品的花样型男士,有通过紧身衣来展现强壮身材的肌肉型男士,亦有穿着休闲服饰的书卷型、运动型男士,等等。他们用个性的方式将各种审美元素融合起来,从而衍生出某种新的、无法使用生物性别进行归类的审美特质,很大程度上冲击了男女有别的外形模式,更体现出现代公民自我形塑的主体性。男性不仅获得了在公共媒体空间表达爱美之心的权利,而且其审美元素的选择范围也空前扩大。

此类节目不仅为多样的男性形象提供了展示的平台,而且节目的舆论场在价值倾向上也给予了支持,这通常以主持人和现场专家的言论为代表,从而形成对男性自我审美权利充分尊重的节目语境。比如一对情侣的矛盾焦点是男方很在意自己的外貌,而女方却认为他作为男人太自恋。现场的情感调解专家认为:"为什么他说自己帅不可以呢?自恋不是一个坏事。"主持人也随即表示:"台下的男老师也很自恋,他今天弄了个新发型,一直说自己很帅。"[①]这种话语支持充分肯定了男性自我修饰的权利,将之看作现代人自身修养的重要组成部分,而非女性独有的特权。这显然有别于中国传统性别文化将注重打扮的男性归为女性化的一族的判断。著名主持人蔡康永曾在一档华语男性电视节目《娘娘驾到》中说:"如果这个节目的播出,能够让'娘'不再是一个禁忌,而变成了一个没有人会因此而遭到

---

① 爱情保卫战.天津卫视,2011-08-27.

嘲笑的词语，才是节目的贡献。"①

相比之下，当前美国婚恋真人秀节目中男性形象则相对单一化和模式化。在《男才女貌》第 5 季节目中，有近一半的男性当事人穿着常规款的 POLO 衫，有 30% 穿着西装，甚至有两位穿着相似格子的毛衣。全部男性均没有佩戴任何饰品，却有 89% 戴眼镜。这应该不是某种巧合，而是该节目刻意强化了一种性别定型：只有女性才用外貌确定自己的价值，而男人应该以"才"取胜而不应重视装扮。对两性而言，这不能不说都是高度符号化的媒体想象——既无视女性独立思考的主体性，也使男性的身体形象个性模糊。在美国的婚恋真人秀节目中，很多热爱打扮的男性都遭遇到批评。无论是其伴侣还是现场的专家和主持人，都呈现出一边倒的否定态度。在《婚姻裁判》第 1 季中，男女情侣倾诉各种情感困惑请专家调解，其中有 7.4% 的矛盾是因为女方讨厌男方在意他自己的外形。现场的调解专家纷纷表示："对服饰这么感兴趣有些太不爷们儿了。"主持人也规劝男性当事人："你已经结婚了，保持自身个性现在没那么重要了，还是剃掉这个发型吧。"节目的价值倾向均以"不符合男性的性别特征"为由不支持男性关注外表。

从整体上来看，美国的电视节目将身体强壮、外表粗犷的男性指认为具有真正的男人味。近些年在以男性为明确目标受众的节目中，表现蓝领阶层工作与生活的真人秀节目日渐增多，鼓励美国男性走到室外，参加体力劳动。《沼泽地伐木工》《淘金热：阿拉斯加》以及表现石油工人

---

① 娘娘驾到. 台湾中天娱乐台，2009-10-20.

的《黑金》、描写渔民的《致命捕捞》等都是典型代表。这些节目中的男性形象高度统一：他们肌肉发达、目光坚毅，总是穿着工装或布满尘土和涂料的夹克，戴着相似的头盔或是毛线帽，在挥汗如雨中与大自然进行对抗性的活动。这类男性同时被想象成不修边幅或缺乏理容技巧的一群人。饶有趣味的是，美国电视媒体中能够在身体形塑上得心应手的往往是男同性恋群体。在一档收视率颇高的男性时尚节目《粉雄救兵》中，5位男同性恋者为"笨拙"的异性恋男人打造门面，让他们重拾生活的信心。这些节目都折射出在美国主流的电视文化中，男性多样化的身体表达空间仍然有限。

《美国偶像》的评委西蒙·考威尔（Simon Cowell）曾公开批评，中国的男性电视选秀节目《加油！好男儿》中的选手不够阳刚。而《加油！好男儿》的创办者则回应："在那么多的好男儿中选出一两个偏中性的男生是正常的，因为这是现实生活的真实反映。"应该说中国男性的电视形象之所以表现出较高的可变性是与其特定的传统文化背景分不开的。在中国儒家文化传统中，君臣之道占有重要的位置。因为其社会和家庭结构的特性是家（夫妻）/国（君臣）的同构性，严密的等级秩序是维持这一结构的重要支柱。尽管女性一直是父权和夫权严格的统治对象，但在个体身上，中国男性多少也带有为臣、为子的阴性元素，古代士人中自比香草美人以博圣悦的男性比比皆是。忠、顺、谦、卑等所谓阴性的美德在中国传统文化中是对男女两性共同的要求。再加上倡导阴阳和谐互补的道家文化的影响，只要有适宜的经济文化条件，中国男性破除纯粹的阳刚之气并非难事。

　　当然，中国电视节目中透露出某些男性身体解放的信息，这也未必全然是性别解放的福音。正如商品经济多年来一直在消费女色一样，男性身体也正在成为被消费的对象而失去其主体性。这在很大程度上已经背离了审美多样性之于男性解放的意义。比如某些男性选秀节目为了吸引女性消费者的眼球，不惜专门设置赏玩男性身体的环节。在号称"中国第一个女权主义电视节目"《美人关》中，遭淘汰的男选手在女观众的一片嘘声中被推落水中狼狈至极。在《香港先生》节目中"出水芙蓉"环节让每个男选手被泼水后展现自己的身姿，并任由女主持人和评委品评，甚至触摸他们的身体。男性身体形象在这里被简化为性感的商品符号，而并非充满个性特质的自主的审美选择。

二、对男性情感需求的呼应与重视

　　在传统的性别观念中，倾诉内心的情感需求、寻求他人的关心和抚慰往往是女性的特权，而男性常常以内敛、坚强、"有泪不轻弹"作为性别优势。现代医学研究显示，男性因心理/情感压抑而形成器质性病变的概率比女性要高。台湾从事男性关怀工作的学者蓝怀恩曾指出："男人要在心灵上获得成长是很困难的，因为他们不太会关照自己的内心感觉，也不大有机会碰触到生命本身的内在渴望。所以，男人在沟通中很难彻底地表达自己的内心。他们从小就被教导要坚强，被异化得很厉害。除非他们遇到很大的变故——比如濒临死亡，或者到了崩溃的边缘，才会变得柔软，开始反省自己到底想要什么样的生活，才会体味生命本身的需要。"①

值得注意的是，在当代婚恋真人秀节目中，上述性别的桎梏得到了相当程度的疏解，男性也可以表达出情感倾诉和情感关怀的明确需求。不少节目在内容定位上就以探讨两性如何敞开心扉、互相了解，进而维系和增进感情为主旨。据统计，在美国的《婚姻裁判》节目中，丈夫主诉妻子对自己感情关怀不够的占到了所有夫妻矛盾的15.4%。而在中国的《爱情保卫战》节目中，这一数字则高达33.3%，这一改以往两性话题中"怨妇"居多的情形。也就是说，此类节目给予男性一定的话语空间，让他们正面表达内心对情感支持的渴望和依赖。在节目现场，主持人和调解专家都表现出较为一致的立场，他们从心理学、社会学和法律等专业角度进行具体分析，希望女方能够调整自己，回应并呵护男方对亲情或爱情的渴念，而没有劝导男性进入片面的"自强自立、自我化解"的误区。情感需求本是一个人的正常欲念，两性理应被同等对待。在这个意义上，允许男性发声才有可能真正实现两性人格的对等和地位的平等。

从另一个角度看，婚恋真人秀节目不仅为男性提供了情感倾诉的平台，也对两性的情感特质进行了重新定位。在传统两性关系中，男性往往要表现出主动的、强势的、被依赖的特征，而与之相反的"小男人"则会遭到鄙

---

① 李炳青.蓝怀恩和她的"男性关怀".中国妇女报，2003-09-30.

夷。但这一点在婚恋真人秀节目中有所改变，男人的被动性、示弱性和依赖性同样可以被理解和接受。在某期节目中，一位男士的家人都希望他出国留学深造，但他本人却舍不得跟女友分开太久。这位男士在两个人的关系中依赖性更强、情感抚慰的需求也更多。而现场的主持人和专家则支持他的自主选择："继续做一个外人眼里面的小男人，让自己的老婆成一个大女人吧，这样的组合只要你们自己觉得幸福开心就好。"① 一直以来，情感类电视节目被认为是更接近女性的媒体，男性往往作为被控诉的对象出现，几乎处于失语的地位。而婚恋真人秀节目从话题选取到议程设置都含有两性平等的理念：男女双方平等交流、共同商讨，最终对生活矛盾做出双向选择。这类节目弥漫着两性互敬互补的氛围，体现出明确的两性观照意识。

湖南卫视主打的男性节目《锋尚之王》曾播出了"首届中国男性三十年生活方式巡礼"专题。主持人黄健翔表达了对男性情感关怀的高度重视："我要把男同胞的所思所想，所有的要求和欲望都大大方方地说出来。其实我们男人也挺不容易的，以前一直没人提出来给我们男人过个节，觉得矫情，现在终于大大方方了。"② 2012年三八国际劳动妇女节之际，搜狐网设计了题为"女人眼中的三八'结'（男人版）"③ 的问卷调查，有近五成的男性网民希望设置男

---

① 爱情保卫战. 天津卫视，2011-03-12.
② 锋尚之王. 湖南卫视，2010-09-17.
③ 女人眼中的三八"结"（男人版）. 2012-03-07. 搜狐网（http://baobao.sohu.com/s2012/nanrendesanbajie/index.shtml）.

人节。作为现代社会公民意识的重要组成部分，以舒压和情感联系为主要表征的性别权利意识正在男性的自我发展中日益显现。

三、对男性承担经济责任的单方面要求

相比对于男性审美选择的尊重和情感诉求的理解，在男性经济担当问题上，性别解放的道路似乎更为艰难。中美两国的婚恋真人秀节目更强调男性理应成为家庭主要的甚至是唯一的经济来源，养活家人是他们天经地义的责任。经过数据统计，在美国《婚姻裁判》节目中，除了4位男士已经退休在家外，其余全部男性都有固定工作，占91.5%。而妻子是"全职太太"的却占到了61.7%。中国的情况有所不同。受特定的社会生产水平和劳动/性别政策的影响，中国大中型城市双职工家庭更为多见。在《爱情保卫战》节目中，随机抽取的12期节目里有高达85.3%的女性和88.2%的男性都有固定工作。尽管两性的受教育机会和社会劳动机会基本持平，但是在性别观念层面，此类节目仍表现出对男性经济担当的特殊要求：不管女方是否有独立生活的能力，男方都要将养活配偶当作分内之责。

在某期《爱情保卫战》节目中，一对情侣均为自由职业者，目前都依靠父母的供养生活，但是女方却因无法接受男方工作不稳定而单方面选择了分手。而场上嘉宾的观点也颇为支持女方："爱情是精神生活，精神生活是离不开物质作基础的。你要真正对爱情负责的话，最起码能够养

活你身边那个女人。"①家庭责任的内涵相当丰富,包括在外工作赚取经济收入、在内收拾家事维持家庭运转、日常维系亲人之间的情感交流等。实际上现代女性对此的选择有着比男性更高的自由度。她们"进"可成为职业女性,"退"可成为家庭主妇,主流舆论对此都持支持态度。但是男性在其中可以选择的空间相对比较狭小,愿意当"家庭主夫"而将经济担当让渡于女性的男性会遭到更多的批判。

作为一种公共的意识形态表现,此类电视节目往往单方面强化男性之经济责任的重要性,这在中国电视媒体表现得尤为明显。据调查,在此类节目中女方对男方的不满之处有高达 35.7% 的矛盾都与男性的责任感有关。如果一位男性热爱着一项目前并不盈利的事业而需要女朋友或妻子承担挣钱养家的任务时,包括现场观众、主持人和专家在内的现场舆论都会指责其缺乏"应有的"责任感。一位想做导演的男性曾得到过这样的警告:"一只寄生虫永远拍不出伟大的作品。"②即使男性已然正在赚钱养家,如果其个人梦想所需要的时间和金钱被认为对家庭经济稳定存在潜在威胁,也会招来讽刺、贬低和嘲笑。中国男性在自我实现的道路上走得异常的艰辛。相比之下,美国电视节目中的男性尽管也不能免除家庭的经济担当,但其追求梦想的权利得到了相当程度的肯定。因为妻子责备自己"梦想太多"而走上节目的全部男性都得到了现场舆论的支持。只要他们能够维持正常生活,没有置家庭于不顾,就可以选

① 爱情保卫战.天津卫视,2010-10-30.
② 爱情保卫战.天津卫视,2011-01-15.

择其他自我发展的道路。

颇具意味的是，婚恋真人秀节目对女性自我发展的"管控"相对宽松。在我们的调查中所有想追求自己梦想的女性都得到了节目的正面支持，而同样追求梦想的男性却以不切实际为由被劝说放弃，让他安心工作，带给家庭稳定感。有情感专家总结道："对于男人来说，最幸福的就是自己喜欢做的事儿能够成为根深立命的饭碗。但多数人喜欢的未必是自己擅长的，所以该工作的工作，喜好要放在心里。"[①] 我们很难说中国女性已然从管好"内务"的性别角色陈规中解放出来，但是她们在进退之间可以腾挪的空间显然要比男性更加宽阔，这是个显见的事实。

当然，寻求两性独立自主的发展空间是现代社会在性别问题上的大趋势。电视节目在各种性别刻板印象的话语间隙中也在努力为男性寻求多样而开阔的生存方式和成长空间，尽管这还没有成为电视节目中主导性的性别意识。在《非诚勿扰》节目中，一位女士觉得男方比自己收入低，没有条件结婚。主持人随即说："没关系，他去做贤妻良母。"[②] 话语直接指向"男主外女主内"的性别刻板印象。另一位女士为自己的功利心态辩解说："女生之所以现实是因为男友不够上进，所以采用索要物质的方式逼他上进。"而主持人却设计了这样的提问："如果一个男生对你说，我的人生目标是在35岁时做中国最优秀的主持人，你会怎样？"女嘉宾回答："我会转身就走。"主持人回应道："我

---

① 爱情保卫战. 天津卫视，2011-07-09.
② 非诚勿扰. 江苏卫视，2012-10-07.

拿一个房产证或一辆汽车放在你面前,你能看到,但是我把我的奋斗放在你面前,你看不到!"①面对女性这种物质化、功利化的要求,以主持人为代表的节目意识形态为男性能安心于自我实现争取到了更多的话语权利。

  综上所述,中美两国近年来颇为火爆的婚恋真人秀节目在很大程度上突破了传统性别文化中的桎梏,从外在形象到内在情感需求,电视媒体中的男性形象禁区正在消融。但仍有一些单独针对男性的社会规约正在发挥着强大的现实干预作用,成为现代男性自我实现、自我发展中的障碍。

---

① 非诚勿扰.江苏卫视,2012-10-07.

男性媒介研究中的问题与对策

近些年在社交媒体、网站、图书、杂志、报纸、电视等大众媒介中都出现了大量以男性为明确受众的媒介产品，体现出男性时尚产业的规模化发展和媒体男性关怀意识的日益觉醒。相形之下，针对男性媒体的学术研究工作却远远滞后于业界的发展，尚处于学术起步阶段，更谈不到对业界实践起到积极的引导作用。实际上，这类媒体在市场定位细化、主题深化、制作专业化和功能实用化等方面，还存在着巨大的改善空间。而这一空间的获得在很大程度上依赖于学界和业界建立自觉的"性别意识"。

本文以近年来男性杂志研究的成果为例分析目前性别媒体研究中存在的问题，并力图为此类媒体的发展提出具备一定可行性的建议。截至2018年4月，在中国知网（CNKI）系列数据库中，以"男性""杂志""期刊"和"刊物"为检索词，可搜索到相关研究性文章100余篇。这些论文主要围绕男性杂志的发展历史、市场走势、竞争环境、营销策略、品牌传播等问题展开，在一定程度上勾勒出了中国男性杂志的发展现状，也初步分析了其中存在的问题，并力图探讨刊物有可能的发展空间。但是这些研究成果在性别立场、研究方法、研究思路和学术规范等方面还存在不少问题，有待从印象式漫谈向具有专业主义素养的科学研究转变。这不仅是编辑出版专业学术发展的需要，更是势头正健的男性杂志健康发展的呼声。

一、概念界定中缺乏有效的差异化优势

在研究成果的开篇，研究者一般都会对男性杂志的基本概念作出界定。他们通常都将男性读者较多但并不明确以男性为受众定位的行业杂志，如财经、汽车、房地产、体育、通讯类杂志排除在研究范围之外。在剩下的"非行业杂志"中，什么才是男性杂志有效的市场优势呢？对此，研究者的回答有三种倾向：

一是将读者的生理性别区隔当作期刊的差异化优势。不少文章指出，男性杂志就是"以男性为诉求对象""以男性为目标读者群"的刊物。但是在媒体市场细分越来越精细和专业化的今天，普遍意义上的"性别"早已不是有效的市场划分手段。甚至可以说，建立在性别基础上的年龄、职业、收入、阶层等因素，其市场区分作用都在日渐消退。取而代之的，是针对两性受众不同的心理特征、生存状态、审美情趣、生活需要等更为细微而专业的区分标准。"25—45岁、收入较高、受过高等教育、属于中国精英阶层的男性"，像这样粗线条的读者形象曾经被业界和学界热切地追捧过，而今，在林林总总的男性杂志中，这样的描述早已不能让我们辨识出"他"究竟是哪种男性杂志的独有受众。

二是强调男性杂志内容的综合性。不少研究者的概念辨析是从描述刊物的内容入手而展开的。如有学者称，"本

文所讨论的男性杂志是指以男性为目标读者群的生活时尚类杂志，它是集消费、娱乐和休闲信息为一体的综合型读物，内容往往包括时尚信息、生活指南、两性讨论等方面，也包括一部分对政治、经济话题的解读"①。从这样的论述中不难发现，如果不是置身于特定的探讨男性杂志发展的语境，这种以消费、时尚、综合等为要旨的概念廓定并不具有明显的市场区隔功能，更像是对所有综合时尚生活类期刊的一般性描述。

三是将阅读方式作为男性杂志的市场特征。比如有研究者将消遣式的泛读方式作为男性杂志的内涵之一："男性杂志则是作为男性生活趣味和娱乐手段出现，属于泛读、消遣式翻阅的对象。"② 这种定义方式与上文有着同样的问题，并不是针对男性阅读行为的独特性而阐发。它既不能将男性杂志与女性期刊相区别，也无法与其他时尚娱乐类期刊区别开来。

应该说，当前男性杂志发展正处于探索时期，研究工作并不急于给定一个所谓的定义，这很可能形成挂一漏万的结果。但是需要思考的是，什么才是男性杂志整体上在市场竞争中的差异化优势，这将直接关系到男性杂志发展壮大的市场占位和发展策略。上述这些学术探索显然还没有完全触及这一根本性的问题。

从根本上说，是否具有自觉的男性关怀意识才是男性杂志区别于其他期刊的基础性标志之一。具体而言，我们

---

① 景深.国内男性杂志发展的动力因素和发展策略.编辑之友，2006（4）.

② 冯宇飞，朱文丰.男性杂志：混沌与重生.编辑之友，2003（6）.

可以从相互关联的两个层面来认识男性意识。首先，它不是表现为对某种理想的男性生活的描摹和规约，恰恰相反，而是对男性身处的社会生活的警惕，警惕男性因为其性别身份而在社会生活的各个层面遭受到习焉不察的束缚、漠视和压抑；其次，在这种性别警惕的前提下，男性意识还表现为对男性的社会权利和发展自由的尊重。这种尊重以不违反社会法律和不侵害他人利益为底线，致力于打破既有的性别刻板印象，强调男性生活的多元化选择，提供多样的男性关怀和男性服务。从这个意义上说，并不存在某种本质化的纯男人的期刊。对性别疆域的开拓和对性别生存境界的提升才是男性杂志创新性发展的基础。

二、研究者的性别观念滞后于业界发展

本辑第二节重点分析了男性杂志中性别意识的多样态发展，考察了其带给男性读者的性别尊重和性别解放，但是非常遗憾，学术研究成果中透露出的性别观念却远滞后于业界的发展，很难对出版实际提出有针对性的指导和建议。

首先，研究文本中仍存在明显的男权意识。在探讨男性杂志的重要性时，不少研究者有意无意地连带出对女性及女性媒体的贬抑，强化男性之于世界的霸权色彩。曾有人在论及男性杂志之存在意义时强调，"从性别文化的角度看，10%的男性控制了90%的财富和政治。男性的自我满足除了借助经济与政治上的胜利获得，还需要在心理上得

到服务"①。这种唯我独尊的男性优越感得到了很多研究者的肯定,很多文章纷纷引述这段文字。

更有甚者,有人对两性媒体的性质也做出了高下之分,"我们很难从中品味到男性应有的激情、梦想和勇气。从某种意义上讲,它们同女性杂志并没有实质性区别,通篇充斥着一些小感动、小情绪,细腻有余而刚健不足,倒更像是女性杂志的男性版拷贝"②。在这里,"大男人"与"小女人"的性别窠臼被比附在大媒体与小媒体、好媒体与差媒体的对比上,其性别歧视色彩非常明显。

这种男尊女卑的性别观念已经在很大程度上落后于现代媒体所追求的平等和谐的性别要求,更滞后于男性杂志自身的实际发展。男性杂志中已经不乏独立自主的现代女性,她们正在从尤物的形象向伙伴的形象转变。在某期男性杂志中共介绍了12位影视、建筑、音乐、平面设计等领域中的优秀人物,其中有三分之一是女性。文章对这4位女性人物的报道重点与男性人物并无二致。③ 这种相对公允客观的处理方式非但不是对男性尊严的消磨,反而更好地体现出现代男性与世界之间的良好关系:关爱而非控制、合作而非孤立、对等而非对抗,真正体现出男性媒体应有的包容与自信。

其次,研究者在男性杂志如何表现性问题上的态度耐

---

① 逢伟.急功近利办不出好杂志——透视男性杂志的牌局.经济观察报,2003-07-14.

② 郑欣.媒体消费语境中的"中产阶级"幻想——以《名牌》杂志叙述的男性精英形象为例.南京师大学报(社会科学版),2007(4).

③ 大都市(男士版),2010(5).

人寻味。一方面，论者皆承认男性杂志内容中不可无性，其存在的合理性得到了一致的肯定。另一方面，研究者又表现出对当前出版监管政策的警惕之心。正如学者所言，"在中国，如何处理性话题成为男性杂志走向市场的一个非常敏感的门槛"①。基于这种两难的研究心态，涉及性话题的论文并不少见，但基本都以模棱两可、闪烁其词的态度草草收场。如果说性是人类生活中最自然的基本需求之一，而性话题又是男性杂志必需的组成，那么，研究者浅尝辄止之处恰恰是研究的起点：在中国特殊的媒体政策之下，如何消除男性在实际生活中的性困惑？如何提升性质量、优化性审美？如何看待色情的正义性与非正义性？被看的女性是不是一定会丧失自己的主体性？女性的"赏男"需求如何在男性杂志中得到满足……如此种种，正是指导男性杂志向纵深发展的重要议题。遗憾的是，大量论文都是点到为止，鲜有切实的思考。

最后，一些论述中体现出僭越历史阶段的中性化诉求。不少研究认为，理想的男性杂志应该走中性化的发展道路，"不再将女性作为主要的'观看对象'，而是将艺术、浪漫、想像力等没有什么明确指向的事物大书特书"②。那么，中性化是不是男性杂志的发展方向？笔者认为，性别解放是符合特定历史阶段的社会性需求的。如果性别不再成为人类发展中的等级标准或发展规约时，社会文化更看重人与人之间的个体差异，那么走出二元对立的所谓"中性化"也

---

① 邢瑞.格局与困境.青年记者,2007（2）.
② 冯宇飞,朱文丰.男性杂志：混沌与重生.编辑之友,2003（6）.

将成为必然。但在当前的文化语境中，世界各国仍普遍存在性别歧视、男尊女卑等现象，空谈中性化需求很可能遮蔽了人们在性别生活中所面临的实际困境，特别是使男性问题转化成为普泛的人性问题，最终男性杂志在综合类期刊中的面目会更加模糊。这种僭越历史阶段的诉求反而会削弱男性媒体的性别关怀和性别解放意义。

三、受众研究以主观想象代替科学的社会调查

在探寻男性杂志的发展出路时，研究者们都无法回避一个最基本的问题：什么才是目标读者喜闻乐见的男性杂志？从研究方法上来看，解答这一问题的路径并不复杂，它需要对目标读者进行细致的田野调查和深度访谈，受众研究本是传播学研究中的重要组成部分，遗憾的是，这样基础性的调查研究并没有在现有的研究成果中得到体现。对目标受众阅读需求的把握基本上是以作者个人经验为依据，采用猜测和臆断的方法，在没有充分论据的前提下得出相应的结论，其本质主义倾向比较严重。

（一）简单划分男性受众的社会阶层

在论及男性杂志的生存困境时，以下这段文字被引用的频率很高：

> 高档男性杂志的"高不成低不就"的尴尬境地：所瞄准的高层白领可能没有时间去关注杂志的内容，而中层或更低的"新金童"虽然能买得起杂志，但却

没有能力去消费杂志所营造的生活。①

这篇文章发表于2007年，之后有大量论文仿效这种受众分层的结论用以指摘男性杂志的市场定位。另有一些相反的声音，认为现有的男性杂志符合特定社会阶层的阅读需求。有研究称，"对于处在精英地位的男性而言，购买和阅读此类杂志有利于保持其现有的优越地位。那些处于较低阶层的男性往往会追慕精英阶层的生活方式和状态，并付诸行动，例如购买同类型杂志，以便满足他们对该类生活的模仿和追求"②。

不管是肯定的意见还是否定的意见，在这些对男性阅读状况的判断中，中国社会复杂的各阶层男性被简单地划分成了"高层（精英）"和"中低层"，他们的阅读感受和阅读需求在没有任何市场调查的前提下被简化为"无暇无钱阅读"或"借以彰显社会地位"等有限的几种。研究者假想存在某种纯粹的男性精英读者，而区分"精英"与非"精英"的标准主要是依据收入、学历和年龄等可以量化的物质性指标，而男性的精神旨趣、视界涵养、政治文化立场并不在度量"精英"的标准之列。这与中外思想文化界对"精英"内涵的理解相去甚远。这种被想象的"精英"与其说是男性受众中的精粹，不如说是为广告主描画的模范消费者的幻象。

① 邢瑞.格局与困境.青年记者，2007（2）.
② 景深.国内男性杂志发展的动力因素和发展策略.编辑之友，2006（4）.

（二）对男性阅读需求的臆想高度单一化、本质化

在性别差异的名义下，男性应该阅读什么、不应该阅读什么被研究者人为地竖起藩篱。比如有研究称，"女人是消费动物，男人是社交动物。因此，作为大众媒体的时尚类杂志，应该服务于女性的消费本能，而服务于男性的社交本能。这是性别差异所必然决定的"[1]。又如，"男性是粗线条的，他们喜欢冒险，有几个男人会对诸如洒什么牌子的香水、穿什么牌子的衣服感兴趣？男性更不会为了这种价钱不菲的杂志而投入太多的金钱和时间，报纸就足以满足他们对信息快餐式的需要"[2]。

男性受众是不是具有"不善消费、不修边幅"等整体性特征理应基于大量的社会学、传播学甚至生物学的研究工作。上述对男性阅读特点的描画相对于研究者个体来讲也许是真实的，但作为期刊的编撰策略，它恰恰忽略了受众阅读需求的丰富性，无异于起到了画地为牢、作茧自缚的反面效应。男性杂志至少具有双重功能：一是对既存的男性阅读需求的迎合，即解压和释惑功能；二是拓展新的性别体验，即引领男性扩展视域、提升境界。不论是哪种功能，都不能将男性需求想象成一个无差异的整体。从个体角度来讲，男性与女性的差别未必大于同性间的差异。对男性受众的阅读需求进行广度和深度上的开掘，而不是

---

[1] 刘晓璐.《Mangazine|名牌》开启男性杂志新格局.中国报业，2003（11）.

[2] 冯宇飞，朱文丰.男性杂志：混沌与重生.编辑之友，2003（6）.

进行无根据的刻板想象,这才是男性杂志开放式发展的关键。

四、发展策略探索中的专业针对性不强

(一)批判同质化倾向——一颗没有弹头的子弹

在分析男性杂志当前发展中的不足时,对内容同质化的批判已经成为研究者普遍关注的问题。客观地说,同质化竞争、市场区分度不高确实是男性杂志发展中比较明显的问题。这理应是学术界深入研究的起点和重点。如何从理论的高度拓展男性杂志的思维疆域,如何寻找个性化的市场竞争点,中外成功的案例中有哪些可以借鉴的经验……这些具有实践意义的建设性意见正是业界需要的声音。但是,批判同质化却成为不少研究者的论述终点,文章大都止于问题的提出,而未见创新出路的尝试。

比如,有学者批判道:"这些杂志的内容大多围绕名人、名表、名车、时装、旅游休闲等等,与其他杂志的内容可谓大同小异,切入角度也仍然是常见的几种,可以说从内容到形式都没有根本上的创新。"此类论调在已有的研究成果中并不少见。与基础性学科相比,编辑出版领域的研究工作具有很强的实践指导作用。如果只说些无关痛痒的常识性问题,学界的研究成果并不能为业界所承认,更谈不到在实践中的应用,那么这种文章的学术价值将大打折扣。

（二）普适性的理论空壳无法指导男性杂志的实际操作

研究中常见到学者借助传播学、市场营销学的相关理论来分析男性杂志的竞争环境、营销策略、品牌传播等问题。但是在其分析过程中，对相关理论的使用和对男刊发展的实际问题有脱节的倾向。换句话说，论文是在为某种宏观的传播学或经济学的理论寻找例证支持，而并不是针对男性杂志独有的现实问题去寻找解决的方案。这种"普适性理论加例证"的研究框架最直接的结果就是科研成果无力指导现实中的刊物发展。

比如这段论述："男性时尚杂志应当充分利用信息平台，综合媒介资源，走品牌定位分众化、传播方式整合化、品牌延伸产业化之路，增强男性时尚杂志的品牌力量，开创我国男性时尚杂志的美好前景。"[①] 这样的论述看似涉及期刊（乃至所有媒介产品）推广中的若干重要问题，但每一个对策的提出又没有围绕男性杂志的实际问题而具体展开，只形成"放之四海而皆准"的理论空壳。

五、基本的学术规范仍有缺失

如果说上述几个方面的研究不足需要随着男性杂志自身的发展而逐步完善，那么作为学术研究的底线，学术规范问题可谓男性杂志研究中的硬伤。

---

① 钟虹.我国男性时尚杂志的品牌传播探析.青年记者，2010（17）.

（一）论文内容高度雷同

在不标注任何引文出处的前提下，不少论文都对其他文章有所仿效，从概念界定到观点引用再到论据支持不一而足，原文照抄现象时有发生。2003年7月14日，某男性杂志主编瘦马在《经济观察报》发表了《男性杂志的牌局》一文。此后若干年间，这篇文章俨然成了男性杂志研究的"资料库"。据粗略统计，该文中的部分段落曾先后20余次以高度雷同的文字出现在其他学术论文中，且无一注明出处。

（二）研究者对男性杂志的出版历史不甚熟悉

作为对研究对象的基本了解，历史资料的爬梳本是研究者的必修课。但不少论文表现出对研究对象发展历史的陌生感。比如，有文章称，"在中国大陆，正式出版和发行的男性杂志统计下来却只有那么几本——《时尚·先生》《大都市·男士版》《新视线》《创意》《时尚财富》……"此处，作者所示的这5种刊物仅是当时正式出版和发行的男性杂志的六分之一，其中有的已经停刊，有的已经转做非男性杂志……以这些有限的期刊作为学术研究立论的基础，其结论当然令人担忧。就目前情况来看，比较系统地梳理男性杂志出版历史的论文尚不多见，大有深挖之处。

（三）研究者对男性杂志的出版动态不熟悉

行文中的常识性错误可谓屡见不鲜，体现出研究者缺乏学术研究应有的耐心和严谨。一是刊名错误。比如

将《时尚先生》写成《时尚先生风采》,将《T. O. M. 新视线》写成《TOM新干线》,将《男人风尚》写成《男士风尚LEON》等等。最令人遗憾的是,《mangazine|名牌》杂志创造性地将英文单词 man 和 magazine 组合在一起,以示其"专为男性打造杂志"的独特定位。但是在多篇文章中,这一创意点竟然被研究者忽视,将刊名直接写成了《magazine|名牌》。另外,有不少期刊在不同的历史时期有过更名的现象,研究者也有将不同时期的刊名混淆使用的情况。这些都为今后的学术研究埋下隐患。二是主编错误。在时尚类刊物中,主编更迭是常见的现象。不同的主编思想会在某种程度上影响刊物的整体风格。传播学中的媒体控制研究就是以此为研究重点。但有的研究者将期刊当作一个没有历史演化的整体进行研究,对其主编更迭并不敏感。三是出版时间错误。追溯一份刊物确切的创刊时间以及与境外媒体版权合作时间,可以帮助研究者有效地梳理刊物的发展历程,分析刊物特征与其生存环境之间的关系。但这类时间性错误在现有的研究成果中往往以讹传讹,错版百出。

  应该说,这是一些细节性的学术规范问题,但这种现象的普遍存在显然已经不是研究方法、研究深度的问题,而是研究格调的问题。前者可以假以时日耐心涵养一个学术领域的发展壮大,而后者则是影响一个学术领域健康发展的毒瘤。编辑出版专业在中国高等教育和学术研究中已经发展了几十年的时间,此类问题仍出现在相关专业学术刊物上实在令人痛心。

辑 二

媒介中的女性形象历来是性别与媒介研究者特别关注的领域。随着大众媒介对人们生活的影响日益加深，其中女性形象的性别意蕴不断更迭，这类研究当可管窥一个社会的性别平等发展水平。本辑以当前中国相对主流的媒介文本为研究对象，涉及主旋律电视剧、第一夫人的媒介形象、犯罪新闻报道，等等。虽偏重于对女性形象的分析，但也兼顾两性形象的对比研究，力争使研究结论更具科学性和说服力。同时，网络媒体的普及也深刻影响着女性对媒介的使用，西方的赛博女性主义兴起于20世纪90年代，即探讨女性与信息科技的关系，这类研究在国内尚不多见。本辑设有专题检视国内的官方女性网站，探讨此类网站在内容建设和形式设计中的性别平等意识和受众服务意识。

主旋律电视剧中的女性形象及其性别意蕴

2017年4月，反腐大剧《人民的名义》受到观众的广泛关注。根据央视—索福瑞（CSM）公布的数据，该剧的"52城实时收视率"一度超过8%，创下了近10年来国产电视剧的最高收视纪录。在PPTV、芒果TV、腾讯视频等六大网络平台上其播放量突破210亿。《人民日报》、《光明日报》、新华社和中央电视台等主流媒体相继发表了专题报道和评论。中文在线数字出版公司公布的数字阅读运营报告显示，该剧热播期间电子书月点击量破5亿，有声书月收听量达2000万，纸质书销量突破138万册。该剧可称得上近10年来主旋律电视剧中的反腐利剑，赚足了人气和口碑。

然而，就在该剧播出后的一周之内，全国妇联宣传部即代表全国及各级妇联组织向该剧的制作方之一最高人民检察院政治部和宣传部提出正式申诉，反映该剧缺乏性别平等意识，在女性形象的塑造上出现刻板化、边缘化甚至污名化等较为严重的歧视现象。这与该剧对男性正反两面人物形象进行多样态、去脸谱化的突破性塑造形成鲜明对比。高检宣传部承认存在这些问题，并与编剧团队展开删改工作。与此同时，拥有百万粉丝的女性公众号"她刊"也在第一时间发表评论称，"和剧中丰满的男性角色塑造比起来，《人民的名义》里的女性形象全体崩塌！"该文章当天阅读量即在10万以上。

在我国，大众传媒中的所谓"主流"文化产品以促进国家发展、满足大多数人民群众的文化需求为根本目的，是建立在国家利益、社会公共利益和公民道德示范等基础上的文化形态。其中主旋律电视剧更是肩负着传播主流文化的天然职责。它在广大受众中的传播影响力巨大，范围甚广，是通过大众传媒建构社会核心价值、传播主流意识形态的主导性力量。

从性别视角来看，男女平等正是上述主流意识形态中的重要组成部分。1995年江泽民同志在联合国第四次世界妇女大会上向世界宣告把男女平等作为我国社会发展的一项基本国策。2005年修订的《中华人民共和国妇女权益保障法》确立了这项国策的法律地位。2012年"坚持男女平等基本国策"首次写进党的十八大报告，成为党的施政纲领。2015年国家主席习近平在主持全球妇女峰会时指出，"妇女权益是基本人权。我们要把保障妇女权益系统纳入法律法规，上升为国家意志，内化为社会行为规范"[1]。

如果说主旋律电视剧反映国家主流的意识形态本是题中应有之义，那么像《人民的名义》这样重量级的主旋律电视剧出现较大的性别话语偏差究竟是一次偶发的编审失

---

[1] 习近平在全球妇女峰会上的讲话.2015-09-27.新华社.

误，还是带有普遍性的媒介群体无意识？主旋律电视剧是否能够担当起引领大众传媒之性别走向的重任？这背后又透露出当代电视剧生产机制中的何种问题？这都值得学界和业界深入研究。

考虑到研究文本的权威性、代表性和前沿性，本文重点以 2000 年至 2015 年间在"飞天奖"及"金鹰奖"评选中获奖的政治、军事、刑侦等题材的作品为研究对象。"飞天奖"和"金鹰奖"是中国最高级别的电视大奖。"飞天奖"由国家新闻出版广电总局主办，因此也被称为"政府奖"。"金鹰奖"由中国文学艺术界联合会和中国电视艺术家协会主办，因此也被称为"观众奖"。

鉴于多年来获此殊荣的主旋律电视剧数量众多，笔者结合收视率、传播热度、社会影响力等因素，从 2000 年至 2015 年总计 108 部获奖的政治、军事、刑侦题材电视剧中选取 16 部作品作为量化统计样本，如《激情燃烧的岁月》《大雪无痕》《人间正道是沧桑》《北平无战事》《潜伏》《黎明之前》《历史的天空》《亮剑》《戈壁母亲》《刑警本色》《永不瞑目》《玉观音》《绝对权力》《忠诚》《红色康乃馨》《任长霞》。其中以拥有具体社会身份、多句台词并参与主线情节为抽样标准，共获取女性人物样本 57 人。（见表 2-1）采用量化统计与质化分析相结合的方法，重点考察人物的外在形塑、社会职业价值、家庭伦理角色等内容，并在此基础上深入电视剧生产机制内部考察性别话语得以生成的原因。

表 2-1 主旋律电视剧中的主要女性人物

剧名	女性角色
激情燃烧的岁月	褚琴、石晶
人间正道是沧桑	杨立华、瞿霞、林娥、瞿母
北平无战事	何孝钰、谢木兰、程小云
潜伏	王翠平、左蓝、穆晚秋
黎明之前	顾晔佳、陆怡君
忠诚	刘意如、梁丽、金华、吴娴娴、李欣欣、田立婷、方萍、小姨
玉观音	安心、钟宁、贝贝、铁军母亲
永不瞑目	欧庆春、欧阳兰兰、郑文燕
大雪无痕	丁洁、廖红宇、董琳、丁母
历史的天空	东方闻英、韩春云、高秋江、岳秀英
亮剑	田雨、杨秀芹、张白鹿、冯楠
戈壁母亲	刘月季、孟苇婷、赵丽江、钟柳、刘玉兰、向彩菊
刑警本色	梅莉
红色康乃馨	周若冰、蓝思红、阿萁
任长霞	任长霞、谢敏
绝对权力	赵芬芳、齐小艳、高雅菊、钱玉玲

一、女性人物身体形塑中的性别政治

影视作品中的女色／男色消费历来是大众媒介中的传播热点，娱乐业的造星运动花样繁多，声势一浪高过一浪。主旋律电视剧作为一种现实观照精神较强而娱乐化色彩并不明显的文化样态，在表现人物的外在形象时是否受到娱乐潮流的影响，又有着怎样的性别呈现特点呢？我们以年龄和外貌这两个直观体现人物身体特征的维度作为统计项，对57位女性人物进行了量化统计。(见表2-2)同一人物分布在多个年龄区间的则选取在剧情中占比最大的年龄段进行统计;容貌美丑判断则以剧中人物的评价、跟容貌有关的情节设置等为依据,而非笔者的主观判断。

表2-2 主旋律电视剧中女性人物的外在形象

年龄阶段\外貌呈现	美丽	不明确或一般	较丑	占比
少年	无	无	无	0
青年	孟苇婷、梅莉、顾晔佳、陆怡君、谢敏、齐小艳、东方闻英、石晶、梁丽、韩春云、欧庆春、欧阳兰兰、田立婷、安心、贝贝、高秋江、郑文燕、瞿霞、林娥、岳秀英、何孝钰、谢木兰、田雨、张白鹿、冯楠、丁洁、左蓝、穆晚秋(28人)	杨立华、王翠平、钟宁、金华、赵丽江、钟柳、田彩菊、周若冰、阿其、钱玉玲、吴娴娴、李欣欣(12人)	杨秀芹(1人)	71.9%
中年	褚琴、程小云(2人)	杨立华、廖红宇、刘意如、高雅菊、董琳、蓝思红、任长霞、赵芬芳、方萍、小姨(10人)	刘月季(1人)	22.8%
老年	无	瞿母、丁母、铁军母亲(3人)	无	5.2%
占比	52.6%	43.8%	3.5%	

统计结果显示，青年女性是主旋律电视剧中女性人物的表现主体，占全部女性角色的71.9%。她们在剧中的舆论场和情节设置中被较为集中地表现为容貌美丽的形象。影像表现位居第二位的是中年女性，占22.8%，仅为青年女性形象的三分之一。这个年龄段的女性形象被集中表现为容貌一般或缺少容貌评价，与电视剧对青年女性外貌的较高关注度形成明显反差。而老年和少年女性在主旋律电视剧中都没有成为主要线索性人物，通常作为次要配角出现。诚如英国学者利萨·泰勒所言，"我们看到电视上的人都是年轻、漂亮、苗条的，你很少在一部浪漫的影片中看到一个肥胖、普通的女性，好像一个肥胖、普通的女性没有权利爱与被爱"[1]。

从心理学上来说，人物的外在形象是关乎两性间性吸引力的重要审美维度，大众传媒表现年轻优美的女性形象确实符合相当一部分受众的接受心理和文化预期。但是如果我们深入分析女性外貌在主旋律电视剧中的叙事功能就会发现，青年女性的美貌不仅是生物审美意义上的选择，它在塑造人物的过程中被表现成女性跻身社会生活的某种手段，在女性获取社会地位和实现社会功能的过程中都起着至关重要的作用。而在研究样本中的男性人物身上，身体的外在形塑一般都不具有此类功能。

---

[1] [英]利萨·泰勒，安德鲁·威利斯.媒介研究：文本、机构与受众.吴靖，黄佩，译.北京：北京大学出版社，2005：19.

在主旋律电视剧中，当女性参与政治斗争、商业斡旋抑或扮演男性的工作伙伴时，她们大多被表现为娇美艳丽的状态，外貌上带有较为强烈的视觉冲击力，行事手段也有一定程度的情色诱惑之意。比如《历史的天空》中的女军人高秋江，刚出场时军装马靴、英姿飒爽，但为了打入敌军内部获取谍报，高秋江换上了艳丽的旗袍，施以浓妆，身姿妖娆，以身体的雕饰达到动摇男性敌人心性的目的。《玉观音》《永不瞑目》等作品以缉毒刑侦工作为故事主线，其中的女主角不论正面人物还是负面人物都被演绎成外在魅力无限，对男性充满诱惑的形象，让男性无法自拔，导致犯错，甚至走向毁灭。这类美丽又危险、性感又诱惑的女性形象在主旋律电视剧中屡见不鲜，暗示出女性要想达到与男性一样的工作效果必须要借助身体的色欲诱惑而非职业能力。换句话说，主旋律电视剧在正面想象女性纵横捭阖的职业智慧方面表现出令人失望的匮乏和苍白，这一点我们将在后文详细阐释。

更有甚者，在革命、历史及谍战剧常见的刑罚场景中，对女性人物的刑罚手段也常与性羞辱联系在一起：强奸、裸体检查等情节设置鲜明地以男性视角来增强电视影像的奇观化效果，宣泄对女性身体的窥视欲望。编导们无形中强调了这样的性别观念：只有长相好看的年轻女性才有资格在公共领域承担一定的职责，女性的社会价值也只有与其身体之美联系在一起才有实现的可能。

从历史来看，主旋律影视作品中的女性身体形塑经历了一个逐渐柔化的过程。比如电影《红色娘子军》(1960)

中的吴琼花身材结实，面容刚毅，行事作风也颇有阳刚气质。这体现出中华人民共和国成立初期的性别审美是以两性身体特征的趋同来昭示性别地位的对等，某种程度上带有对个体差异和性别性丰富的忽视。相比较而言，当代主旋律电视剧能注重表现女性人物的传统女性特征，而不刻意强调外形上的"男女都一样"，客观上是影视剧性别审美观念的历史性进步。像《潜伏》和《悬崖》中的两位女性共产党员左蓝和顾秋妍都可称得上优雅柔美，人物身上频繁使用明眸、长发、旗袍、红唇等性别符号。遗憾的是，这种身体修辞大多以忽视女性的主体人格，忽视女性的聪明才智为前提，再美的女性也不被允许真正跟男性在思想上并肩而立，共同演绎主旋律电视剧的精神内核。当容貌之美成为女性实现社会功能的必要条件而非充分条件时，当这一身体规训只对女性角色奏效时，电视剧中的男权意味再次暴露无疑。

二、对女性职业能力的忽视与污名

职业身份是人们在公共话语空间确认自我的重要依据。分析女性人物的职业构成和职业地位可以在一定程度上解读出当代主旋律电视剧对女性人物社会身份的态度和立场。我们对电视剧中57位女性人物的职业类型和职业层次进行了分类统计。（见表2-3）有的角色前后职业有明显变动的按实际情况记为多次，因此统计基数为63人。

表 2-3 主旋律电视剧中女性人物的职业类型和层次

职业层次 职业领域	决策层/管理层	非管理层的上流阶层	非管理层的普通群体	社会底层群体	占比
军政公安法律领域	刘意如、赵芬芳、左蓝、董琳、东方闻英、岳秀英、任长霞（7人）	杨立华、何孝钰（后）（2人）	瞿霞、林姨、穆晚秋、顾晔佳、韩春云、石晶（前）、王翠平、安心、欧庆春、韦婷、谢敏、杨秀芹、高秋江、周若冰（14人）		36.5%
商业金融领域	方萍、钟宁、蓝思红、齐小艳、梅莉、阿茉（6人）	高雅菊（1人）	廖红宇（前）（1人）		12.7%
科教文卫领域	梁丽、金华、丁洁、钱玉玲（4人）	程小云、田雨、冯楠、张白鹿（4人）	李欣欣、吴娴娴、顾晔佳、石晶（后）、赵丽江、刘月季（6人）		22.2%
非法职业（毒贩、陪酒女、性工作者）				田立婷（前）、郑文燕（后）（2人）	3.2%
无明确职业（主妇、学生）		贝贝、何孝钰、褚琴、欧阳兰兰、陆怡君（5人）	郑文燕（前）、钟柳、田彩菊、田立婷（前）、谢木兰、丁母、瞿母、母亲、小姨、铁军母（10人）		23.8%
失业（下岗等）			廖红宇（后）（1人）		1.6%
占比	26.9%	19.0%	50.8%	3.2%	

75

统计显示，主旋律电视剧中有明确合法职业的女性人物占到71.4%，这一数字高于我国人口普查（2010年）显示的女性就业率61.7%[①]。说明此类电视剧准确地反映了当今社会生活中职业女性的就业比例。与广告、杂志等媒介产品多表现女性的家庭主妇身份比起来，主旋律电视剧对职业女性的认可度和表现力度都体现出较高的媒介性别自觉。而从职业类型来看，女性人物有三分之一分布在军政、公安、法律等公共领域就业，这与主旋律电视剧的题材侧重有直接关系。而在科教文卫领域工作的女性与无明确职业的女性数量相当，占比皆在20%左右。

尽管职业女性在电视剧中的出现比例并不低，但是从职业层次上来看，位居决策/管理层的女性仅占全部女性人物的26.9%，且多出现在反腐倡廉主题的涉案剧或谍战剧中。首先来看电视剧怎样表现女性管理层的职业能力。《人民的名义》中的女一号陆亦可作为省检察院反贪局一处处长，可以说是女性中决策/管理者的典型代表。她的工作岗位在剧情发展中至关重要，其与男主角侯亮平也是工作上的紧密搭档。但是在案情的侦破过程中，所有关键疑点的突破、与犯罪嫌疑人针锋相对的周旋、转折性的情节推进均由男主角来完成。而陆亦可这位女性处长的职业能力则主要是通过男领导的口头赞赏来表现和确证的。在叙事功能上，她只负责执行领导下达的任务但很少在案情的侦破上起到有效的、实质性的推进作用。反倒是她的大龄

---

① 资料来自中国妇联新闻网（http://acwf.people.com.cn/n/2013/0306/c99013-20688261.html）。

未婚问题成了重要的枝蔓剧情，在叙事节奏上起到博众一笑的舒缓效果。

耐人寻味的是，在统计中本来占比就不高的决策／管理层女性人物中，高达四分之一的人物被表现成依靠男性亲眷的提拔或出卖色相而获取现有的位置，与其个人的职业能力并无直接关联。比如钟宁（《玉观音》）的哥哥是其就职集团的高层领导，齐小艳（《绝对权力》）的父亲、金华（《忠诚》）的父亲、梁丽（《忠诚》）的丈夫皆为当地政界高官。《人民的名义》中若干位社会地位较高、经济实力优厚的女性人物如高小琴、欧阳菁、吴惠芬等人无一例外都是依附在男性权力链条上的受益者。统计中还浮现出一个人数并不少（占比19%）的特殊群体——非管理层的上流阶层。这些女性在工作中担任普通职位，资质平庸，甚至无所事事。但是她们或因出身豪门，或因兄弟、配偶、情人拥有权贵就直接享有较高的生活品质和社会地位。然而在现实生活中情况却并非如此。根据最近一次全国范围内的社会学实证调研显示，绝大多数女性公务员都不会利用自身去谋取权位[①]，这与电视剧中的性别想象大相径庭。

同样与现实生活脱节的是，在决策／管理层的女性人物中，高达53%的人物是作为以权谋私、攻于心计、手段毒辣的反面形象出现的——拥有权力和财富的女性大有被妖魔化的倾向。《绝对权力》中的赵芬芳利欲熏心人格扭

---

① 郭夏娟，涂文燕.女性是否比男性更清廉？——基于中国公职人员腐败容忍度的分析.妇女研究论丛，2017（4）.

曲，对权力有着赤裸裸的追求；《红色康乃馨》中的集团总经理蓝思红阴险狠毒，为一己私利不择手段……而根据政治学实证调研显示，"只要腐败的条件和机会具备，腐败行为就没有性别上的具体差异……不管掌权者是男人还是女人，权力不受限即可导致腐败"[①]。这些主旋律电视剧对女性腐败行为的呈现比例是值得商榷的。

与男性角色的塑造相比，此类电视剧并不将女性人物在职场上通过自强奋斗从而获取成功的过程作为表现重点。她们或依附男性权势者博得高位，或才智和地位平庸根本不能与男性相抗衡，或将聪明才智用在了不正当的渠道上。真正与男性心智相当、灵魂对视的女性人物可谓凤毛麟角，从中多少可以品读出主旋律电视剧的编创人员对女性执掌权力的莫名恐惧和非善意想象。

当然，尽管在整体上主旋律电视剧对女性人物的社会价值表现出并不善意的性别想象，但不可否认的是，仍有一些作品展现了女性人物应有的职业智慧和社会力量。《女子特警队》主要表现女特警们在军营中经历的磨炼和考验，生动刻画了若干位坚强英勇充满智慧的女性形象。在大多以男性为主角的军旅题材电视剧中，这部电视剧独辟蹊径，起到了一定的性别平衡作用。之后陆续出现了《任长霞》《远山的红叶》《女子监狱》等正面表现女性政治家、警官和军人的作品。也出现了克己奉公、勤政爱民的女性领导人形象，比如《国家行动》中一心为国为民的女县委书记

---

① 汪琦，闵冬潮.性别与腐败——以中国为例.陈密，译.妇女研究论丛，2014（4）.

向云秀,《誓言无声》中冷静机智的反特战士蓝美琴等。虽然这样的角色目前在数量上比重甚微,但也透露出当代主旋律电视剧在表现职业女性应有的地位和能力时具备客观、均衡的发展可能。

三、家庭伦理身份中的性别桎梏

对于现代公民来说,家庭伦理角色与其在公共领域扮演的角色一样都是社会身份的重要组成部分。现实生活中人们对好丈夫和好父亲的期许未见得少于对好妻子和好母亲的需要。但是在当代主旋律电视剧中,编导更执念于凸显女性人物的家庭伦理身份在其整体身份构成中的重要作用。不管女性人物在公共领域有着怎样的社会地位和职业选择,电视剧都倾向于把家庭身份演绎成她们人格完善中不可或缺的组成部分。但这种要求极少体现在对男性人物的塑造上——家庭伦理身份对男性人物仅起到锦上添花的装饰性作用而非决定性作用。我们将57位女性角色共计40个伦理身份进行了统计分析[①]。(见表2-4)

表2-4 主旋律电视剧中女性人物的伦理身份

伦理身份	代表人物	占比
母亲	褚琴、刘意如、刘月季、任长霞、高雅菊、程小云、丁母、瞿母、铁军母亲(9人)	22.5%

[①] 人物具有多重伦理身份时,择其表现重点进行多次统计。

续表

伦理身份	代表人物	占比
妻子/未婚妻	褚琴、梁丽、林娥、程小云、王翠平、穆晚秋、陆怡君、安心、钟宁、欧庆春、韩春云、高秋江、岳秀英、杨秀芹、田雨、冯楠、刘月季、赵丽江、孟苇婷、刘玉兰、向彩菊、梅莉、任长霞、欧阳兰兰、高雅菊（25人）	62.5%
情人	张白鹿（1人）	2.5%
女儿	石晶、齐小艳、钟柳、欧阳兰兰（4人）	10.0%
姐妹	小姨（1人）	2.5%

从统计中可以看出，主旋律电视剧特别集中展现女性作为妻子和母亲的身份，分别占女性全部伦理身份的62.5%和22.5%。

首先来看夫妻关系的呈现。现代夫妻关系理应是在精神上对等、在生活上相互扶持的伴侣关系，是最好体现男女平等国家话语的伦理维度。虽然主旋律电视剧受其严肃题材的制约，通常不以深入探讨私人生活领域的婚恋问题为主线。但在作为支线剧情的夫妻关系呈现中却大有向传统性别关系退化的趋势，即从平等的伴侣关系倒退到妻子对丈夫单向度的崇拜、顺从和隐忍模式。女性在家庭中实现自我价值的方式多表现为被男性英雄关注，从而成为英雄的妻子，其个人的主体性并没有在夫妻关系中得到特别的尊重。在这个问题上，电视剧《亮剑》和《激情燃烧的岁月》是被学界批评最多的两部作品。《亮剑》中的秀芹、田雨和张白鹿三位女性虽然与主角李云龙一样同为革命战士，但剧中并没有充分展示她们与李云龙之间对等的战争智慧和情感交流，反而浓墨重彩地以这些女性的仰慕之情来反衬男性主人公的英雄气概和历史价值,将人民的革命史书写成男性的革命史。《激情燃烧的岁月》中所展现的更是一个带着浓重封建伦理色彩的军旅家庭。男尊女卑、男主外女主内等封建伦理秩序不但未受到任何批判,还作为男性主人公英雄气质中的一部分被强化和肯定。

再来看女性与婚姻的关系。主旋律电视剧单方面夸大强调女性对婚姻的忠诚度,而对男性人物却无此限制。女主人公一旦嫁做人妻、身为人母,就会死心塌地臣服于妻职和母职,即便对已经没有感情的婚姻也忠贞不渝。军旅电视剧《戈壁母亲》的故事开端便是一桩封建包办婚姻的悲剧,而女主角刘月季面对毫无感情的丈夫却苦苦哀求,死守婚姻不愿改嫁,更是拖儿带女千里寻夫。电视剧本意借此情节来展现中国女性忠贞善良的传统美德,但却无形中强化了封建婚姻道德对女性权利的遮蔽。然而,男性人物李云龙(《亮剑》)在妻子怀孕期间另寻他欢的不道德行为却在英雄礼赞的主旨下被偷换成了"英雄也有七情六欲"的人性化桥段来处理,并未做出任何伦理价值上的媒介引导。在这个问题上,主旋律电视剧确实存在鲜明的性别双重标准。

对女性伦理角色的变形夸张反映出某种性别霸权在影视文化中的渗透,即"男性牺牲感情则伟大,女性为感情牺牲则伟大"。风云诡谲的政治斗争、荡气回肠的战争史诗,都是专属于男性的光荣与梦想。女性在主流文化场域仍然主要通过演绎其家庭角色才能获得重视和尊重。

四、性别困惑与电视剧生产机制的制约

通过以上数据分析可以看出，当代主旋律电视剧在某些性别议题上客观反映了社会现实和主流文化，与其在文化传播中的媒介主导地位基本吻合。比如对女性外在形象的人性化而非统一化表现，对职业女性的社会比例的客观呈现，以及对传统中华女性隐忍奉献等美德的塑造上都有较高水准。但是从整体上而言，主旋律电视剧将女性形象客体化、刻板化甚至污名化等歧视现象仍然存在。这不仅与此类电视剧负责宣传主流意识形态的媒介功能和责任相抵牾，更与新媒体语境中电视观众多样态的性别生存体验和艺术期待相违背。一方面，我们看到国家政策宣传中坚持倡导男女平等，网络舆论对媒介性别歧视现象的批判敏感而尖锐；而另一方面，主旋律电视剧中很多老生常谈的性别问题却依旧我行我素，安若泰山。产生这种矛盾的原因是多方面的，笔者仅从主旋律电视剧的生产机制方面进行分析。

20世纪90年代以来，电视剧分为主旋律与多样化两种题材规划类型。主旋律题材承担起主流意识形态宣传和建构政治认同的职责，多样化题材（通俗剧、娱乐剧）则进入商品市场为生产单位和播出单位带来经济效益。但随着电视剧生产的市场化，二者之间的界限日渐模糊，主旋律电视剧也日益卷入市场机制当中。当前在电视剧市场价值的评估体系中，收视率这一量化指标是最被倚重的一个。它在一定程度上决定着电视制作人获取投资的能力和未来电视剧制作的主要方向，也决定着电视剧的广告收入。然

而，收视率作为市场指标只能衡量电视剧的量，而不能全面衡量电视剧的质，收视率很高而网评分数很低的劣质电视剧非常多见。目前包括性别平等意识在内的电视剧的文化视野和人文品质主要以广告资本意向、制片人和导演为决定核心，有两个重要的维度被极大地忽视了，一是观众，二是编剧。

满意度指标最能体现观众的情感需求和品质需求，是衡量影视作品社会效益的重要指标。当代舆论生态格局已经发生了重大改变，网络、移动终端、智能盒子等科技手段的广泛使用日渐改变着观众观看电视剧的习惯。收视率在媒介融合的环境中已无法全面反映电视剧的市场价值和受众规模。强大的网民信息反馈渠道已然形成，如视频点击率、网络评分、微博提及量、网民美誉度等都可以成为网络口碑的直接数据。遗憾的是，在不少电视台决定立项拍摄或购进电视剧的审看意见表中很少设置观众意见一项，或者由评审员根据个人经验代为填写。而电视剧网络满意度指标体系目前还停留在开发探索阶段。这可以从一个侧面解释为什么主旋律电视剧中的性别平等意识会相对滞后于网络舆论的发展水平。

值得注意的是，央视电视台电视剧频道于2011年年底正式启动了观众看片测评系统，并委托第三方组织把观众意见作为一个重要维度纳入定制剧和自制剧评价体系。不同年龄段、不同行业和不同文化程度的观众通过试看对电视剧的故事性和观赏性进行打分，为频道选购和编播工作提供重要的参考依据。甚至一些不被编辑或专家看好的电视剧经过观众测评获得较高分数的，又重新进入审看流程并最终得以播出。

从编剧角度来看，在中国以广告资本意向、制片人和导演为核心的生产机制中，编剧的创造性功能和人文素养并没有得到应有的重视。很多编剧甚至来不及去体验生活，只能以技术工人的身份按照既定的图纸完成某个局部的写作。而以美国和韩国为代表的高度市场化的电视剧生产模式，是以制片人和编剧为中心进行总体运作的。编剧不仅熟悉观众的文化需求，同时拥有强大的艺术储备和知识视野，懂得如何发现新的人性价值。而前述性别观念上的窠臼往往会因其阻碍产品创新而被刻意回避。

在当前的国际电视节目市场中，中国的新闻性节目以及纪录片已经开始影响世界，而电视剧产品能够在世界上产生反响的依然很少，这与电视剧在意识形态上的国际对接性不强有一定关系。主旋律电视剧是我国进行国家形象塑造与传播的重要文化产品，需要遵照国家形象塑造的基本原则来展开创作。这一原则要求既尊重各国的文化差异，又遵循国际通行的认知和规范体系。后者是指国际社会中各国行动的准则和指引，它超越了国家、民族和意识形态的界限，为世界上绝大多数国家和人民所认可，体现人类文明的共性[1]。性别平等正是世界多数国家进行国际文化交流的对话基础之一，以此作为我国主流文化的精神价值之一是与我国的国际地位相匹配的。主旋律电视剧在此维度上进行内容和生产机制上的修正和提升才更加符合"负责任的、多元文化的"大国媒介的要求。

---

[1] 程曼丽.论"议程设置"在国家形象塑造中的舆论导向作用.北京大学学报（哲学社会科学版），2008（2）.

第一夫人的媒介形象及其
对我国公共外交的启示

　　第一夫人身份历来是国际交往中政治角色和文化形象的交汇点，承担着体现国家软实力的重要功能，在国际传播中也受到越来越多的重视。同时，第一夫人在公共外交活动中的地位也在一定程度上折射出一个国家对女性社会地位的认同度。据此来看大众媒介中的第一夫人形象，大致可以推断出该国主流的社会文化所期待的女性行为范式。近年来学界对第一夫人形象的研究成果日渐增多，但多从政治策略和外交公关层面展开，鲜有从媒介形象出发的研究。

　　本文以2013年至2016年间纽约时报网（www.nytimes.com）对米歇尔·奥巴马的1217篇报道为研究对象，分析美国在第一夫人媒介形象塑造中的特点及其背后折射出的女性主义内涵，并就第一夫人媒介形象的优化可能和对我国公共外交的发展提出建议。

一、美国第一夫人媒介形象的统计分析

笔者在纽约时报网（www.nytimes.com）以"Michelle Obama"为关键词进行搜索，在2013年1月1日至2016年12月31日期间共得出新闻1322条，剔除重复样本后保留有效新闻样本1217条。根据报道内容可分为国事访问与外交会晤、夫妇共同出席国内事务、政党内活动、家庭生活与起居细节、性别与种族平权活动、公益与慈善事业、衣着与时尚品位、反对与批评的声音8个类别。（见表2-5）

表2-5 纽约时报网关于第一夫人的报道内容统计

报道内容	报道数量（篇）	占比	报道内容	报道数量（篇）	占比
国事访问与外交会晤	129	10.6%	夫妇共同出席国内事务	139	11.4%
政党内活动	164	13.5%	家庭生活与起居细节	297	24.4%
性别与种族平权活动	88	7.2%	公益与慈善事业	251	20.6%
衣着与时尚品位	121	9.9%	反对与批评的声音	28	2.3%

米歇尔·奥巴马的媒介形象可以归纳为依存性角色和本体性角色。其中依存性角色依托于她与国家元首之间的夫妻关系而存在，比如国事访问与外交会晤、共同出席国内事务、家庭生活均是这种角色的体现，占比在46%左右。无论是作为国家元首伴侣的礼仪性存在，还是作为夫人外交的职能性存在，这类媒体形象都紧密依托于其第一

夫人的身份，因而不具备单独存在的身份价值。

米歇尔与国家元首一起参与国内事务的程度是较高的，如陪同总统奥巴马出席穆罕默德·阿里的葬礼，接见抗议者，甚至随行考察各州情况等。米歇尔的政治身份有三个重要维度，它们分别是国际、国内和党内。她作为民主党的第一夫人，其参与党内事务而获得的媒体关注甚至比参与国内国际事务的关注还要多。而我国第一夫人较多出现在外交会晤中，较少出现在国内政治事务中，体现出两国媒体不同的报道重点。同时，美国媒体对米歇尔家庭生活的细节也津津乐道，如她的度假行程、家中的饮食喜好、餐具和家具的规格，甚至其薪酬标准都会被关注。

米歇尔的本体性角色主要体现在以个人身份独立参加民主党党内活动、性别与种族平权活动、公益与慈善活动、衣着与时尚品位以及反对批评的声音这几个报道领域。其中"反对与批评的声音"在中国媒体对本国第一夫人的报道中非常罕见。虽然《纽约时报》是偏民主党阵营的媒体，但也会存在少量对米歇尔的负面报道以标榜新闻的公正性。

从总体上来看，美国第一夫人的媒介角色特征鲜明，一方面以女性身份在个体发展和家庭职责之间力求达到完美的平衡，另一方面以政治身份促成各种内政外交诉求的实现。总结起来，米歇尔扮演的媒介角色有如下几种。

贤妻良母角色：第一夫人历来被视为该国女性的行为典范，而母亲和妻子又被视为女性社会身份中最重要的两个维度。在中国，受传统儒家文化的影响，人们普遍认为女性必须先把家庭打理得井井有条，照顾好父母、丈夫和子女，才有资格获得相应的社会承认。在美国，有家庭观念、婚姻幸福、并能承担抚养责任的人在工作中通常也被认为是可靠的。妻子和母亲这两个带有温暖色彩和柔性特质的角色被看作第一夫人最值得称颂的魅力，也是第一夫人担任其他角色和履行职责的必要前提。

优秀女性典范：尽管贤妻良母角色是第一夫人的基础性角色，但不可否认的是，她们的职业成就和生活品位也同样是一个国家中优秀女性的典范。在盖洛普民意测验机构历年进行的"最受仰慕的女性"的调查结果中[①]，第一夫人几乎每次都榜上有名。在服饰理容上，她们是主流时尚的风向标，影响女性着装的潮流；在职业领域，她们成绩斐然，令人敬重。米歇尔是哈佛大学毕业的法律博士，具备杰出的政治才能。这样的第一夫人形象标志着这个国家的女性发展水平，对本国女性具有极大的示范作用。

外交助力角色：这不仅是指第一夫人需要陪同国家元首出席一些礼仪性的外交活动，她们还是有特殊使命的"中间角色"。某些外事活动的正式程度和接待规格均不适合国家元首亲自出席，但如果由民间团体代表官方出面又会显得草率。此时，第一夫人的官方而又不绝对正式的身份就显示出特殊的功能。一方面她以亲和的方式拉近国家间的关系，显示外交诚意；另一方面在外交上也留有一定的回旋余地。更为重要的是，第一夫人优雅得体的亲和形象能在两国之间搭起信任的桥梁，铺垫友好的氛围，为进一步的沟通合作创造有利的条件。

---

① http://news.gallup.com/poll/224672/barack-obama-hillary-clinton-retain-admired-titles.aspx?from=singlemessage&isappinstalled=0.

慈善事业倡导者：世界上大多数国家的第一夫人都可以说是该国的首席志愿者，一般都会投入大量的时间和精力到慈善事业中。女性身上的母性光辉和柔性气质使她们在推进社会慈善事业时往往具有某种得天独厚的优势，能在一定程度上改善公众心目中严肃冷漠的政治印象，为宏观的政治行为加入了柔性的细节观照。

国家形象优化者：国家形象一般包括"自我形象"和"他我形象"。[①]国内外民众对于一个国家的认知和评价会直接影响国家形象的生成和传播效果。对于国家的自我形象而言，有第一夫人陪同的领导人形象更加具有人情味，可以中和政治活动过于硬朗和隔膜的氛围；对于国家的他我形象而言，第一夫人会把抽象的国家软实力具体化、立体化，通过个人魅力的展现进而彰显国家魅力，以获取其他国家的好感，甚至有可能影响他国政府的政策选择。

二、第一夫人媒介形象的性别意蕴

第一夫人成为当前新闻报道中的活跃形象既是一国的政治策略，同时也与性别解放运动的发展密不可分。她们被赋予更多层次的社会价值，甚至被期望成为推动女性解放的旗手。

活跃的第一夫人形象吸引女性群体关注动态的政治生活。在人类历史文化的发展中，绝大部分政治舞台是被男性掌控的，除了特殊时期，女性通常被排斥在政治中心之

[①] 丁磊.国家形象及其对国家间行为的影响.知识产权出版社，2010：72.

外。而第一夫人对政治事务的深度参与和显著作用则标明女性也可以在对内对外的政治舞台上展示其独特的能力与价值。第一夫人对公共事务的参与程度越高越能吸引新闻媒体的关注，进而吸引女性受众对政治新闻的关注。

活跃的第一夫人形象引导本国女性更好地平衡家庭与社会角色。当代女性大多会面临职业身份与家庭身份之间的矛盾。而上述美国第一夫人的媒体形象报道致力于勾画她们在不同身份间的转换和平衡。她们是称职的妻子和母亲，又是各自职业领域中的佼佼者。而这两重身份的共同作用又助力于国家的政治外交。这无疑给本国女性的全面发展树立了很好的榜样。

活跃的第一夫人形象彰显一国性别平等事业的发展水平。性别平等运动是世界平权运动发展的重要维度之一。如今第一夫人的媒介形象已然可以从主流意识形态层面代表该国对女性的尊重程度，显示一国的文明程度和国家软实力。比如鼓励女性谋求卓越的职业发展、参与重要的政治活动并影响决策等，同时她们又保存了鲜明的传统女性特质。

尽管第一夫人的媒介形象促进了女性解放事业的发展，但因这一身份与国家元首身份之间天然的、不可剥离的依存性关系，她们又不可能完全作为独立女性的典型代表而出现。在她们身上，传统的女性气质和女性角色都在媒体的作用下不断被夸大和固化。

首先，相对于第一夫人的内在修养，大众媒介依旧更加关注她们的外在形象。在前述对米歇尔的报道内容统计中可以看出，关于时尚品位和衣着的报道占据了很大的比例。其中服饰得体、举止优雅是评价她们外在形象时尤其倚重的标准。不可否认的是，这是第一夫人形象塑造的重要方面。但第一夫人肩负着重要的内政和外交职责，一味地报道其外在形象难免有舍本逐末之嫌。

其实各国新闻媒体中也有不少关于女性国家元首的配偶即"第一先生"的报道，比如德国总理默克尔的丈夫约阿希姆·绍尔、英国首相特雷莎·梅的丈夫菲利普等。当他们陪同领导人出访时，媒体报道鲜有关注其服饰理容方面的特征。反倒是女性领导人本身如同第一夫人一样在外在形塑上被津津乐道。这说明第一夫人被格外关注外在形象并不是因为其附属性的身份，而是因为媒介文化中一以贯之的对女性身体的男性凝视。这种凝视在男权文化历史中由来已久。媒介将身体形塑指认为女性天然的、本能的特质，进而演绎为强加于女性的文化义务。这种刻板印象通过第一夫人形象作用于政治领域，使女性角色在政治生活中越发流于浅层位置，最终影响到她们与男性同场竞技并获得公正评价的机会。

其次，相对于第一夫人的职业角色，大众媒介依旧更加关注她们的家庭角色。夫人这一称呼本身就带有一定的男性视角，强调了妻子的相对性身份。在上述米歇尔的媒介形象统计中，妻子和母亲的角色确实占据了很大比重。这类角色所特有的柔美和亲善气质通常是开展国际外交活动、赢得公众好感的必要前提。东西方的文化背景虽然迥异，但对母职和妻职的要求具有一定的相似性：比如女性应该遵从无私、牺牲和奉献的道德规约，必要时被鼓励放弃职业生涯和自我实现以投身于家庭服务，女性应以协助男性、成全男性为己任等等。媒体中的第一夫人均表现出对丈夫的绝对尊重，以一个得体、顺从的贤内助符号出现在政治仪式中。即使米歇尔在民主党会议上发表政见时侃侃而谈，一旦回到与奥巴马共同出现的场合，也会立即隐去其个体存在感以衬托丈夫的光彩。但有意思的是，同样为国家元首配偶的"第一先生"们却无须在媒体面前保持顺从和贤内助的姿态，也不需要表达家庭至上的观念，更不需要在政治仪式中展示父亲般的慈爱。

三、第一夫人媒介形象的优化可能

基于上述第一夫人媒介形象的积极作用和内在遗憾，我们尝试提出优化我国第一夫人媒介形象宜采用的传播重点和报道技巧。首先，提高本体性角色的报道比重，即进一步强调第一夫人的个人身份在国家事务和外交活动中的价值和贡献，以及她在个人职业领域的成就和建树，避免对妻子和母亲身份的过分倚重而加重性别角色刻画的失衡。纽约时报网报道中的米歇尔可以单独出访其他国家，可以独立发表演讲表达政见……相比之下，历史上我国第一夫人的媒介形象并没有显现出足够的独立性。在推动教育公平、消除贫困、女性权益保障、医疗卫生进步、环境保护等方面还可以进行更多的报道，展现第一夫人在我国公共事务中的积极姿态和客观作用。

其次，捕捉鲜活的细节，使第一夫人形象更加生动亲切。人民网新闻中曾出现过不少感人的细节，大大提升了我国第一夫人在媒介舆论中的感染力和影响力。这些有趣而温暖的画面对于更加立体地展现第一夫人的形象至关重要。它让第一夫人从政治出访活动的陪同者转化为充满人情味的中国女性，淡化了其符号色彩，凸显了其人格魅力，也让传统意义上严肃刻板的政治新闻变得活泼可感。

再次，提高深度报道比重，稳定报道数量，有助于塑造可持续传播的第一夫人形象。我国关于第一夫人的报道多为时效性较强的硬新闻，集中在访问行程、活动流程的报道上。相比而言，评论、通讯和传记类报道的占比较低。适当增加深度报道及新闻评论的比例可以提高第一夫人形象的整体性，让受众全面了解其职责、角色和作用，而非散落的碎片化印象。另外目前我国对第一夫人的报道数量并不稳定，外交活动频繁的年份和活动较少的年份相比报道数量差异较大，影响到第一夫人形象的可持续传播。可以将时间性影响较弱的软新闻穿插在国事访问、慈善活动等硬新闻中，保持第一夫人形象具有长期稳定的媒体可见度。

四、第一夫人形象传播对我国公共外交的启示

公共外交涵盖政府对政府外交以外的各种对话方式，包括双方或多方的官方—民间或民间—民间的各种直接交流。它与政府外交共同组成一国的整体外交。通过公共外交，可以更直接、更广泛地面对外国公众，从而更有效地增强本国的文化吸引力和政治影响力，改善国际舆论环境，

维护国家的利益,表达真实的国家形象。[①]第一夫人的形象传播即是公共外交策略的一种。为了改善本国在他国的国家形象,提高知名度和认同度,达成一定的政治目的,媒介借助第一夫人特有的女性气质开展针对他国的外交活动。第一夫人通过参加社会慈善事业和公益外交活动来影响他国公众对本国的态度,进而影响他国政府外交政策的制定与实施,实现本国的国家利益。

政治传播规律显示,相对于会议发言、文件议程等抽象内容,以鲜活的"人"为报道对象对于普通受众来说更具有吸引力。当国家形象代言人被展现得具体而生动时,国家形象也会随之丰盈可感。另一方面,各国受众对"美"的本能趋向使拥有漂亮外貌和得体服饰的第一夫人在政治传播中占有一定的先机。相比以男性为主的政治活动,第一夫人具体、鲜活、非同质化的媒介形象能更快地吸引人们的眼球,博得公众好感,进而对该国产生良好印象。

长期以来,中国的对外宣传一直停留在被动公关的层面,制约了政府形象的推广。在信息获取更加便利开放的互联网时代,受众逐渐习惯于双向交流和多样化的传播形式。开放性的外交策略和政治传播方式是必要且急需的。第一夫人的形象传播携带着巨大的媒介能量。公共外交本身即以民间为对象,民间自发进行的内容生产和二次传播将会进一步提升内容的触达率。因此,合理利用第一夫人形象激发的自媒体能量对于提升公共外交效率有着不可忽

[①] 赵启正.由民间外交到公共外交.外交评论(外交学院学报),2009(5).

视的作用。

综合上述，中美新闻媒体中的第一夫人形象扮演了多重社会角色。这些形象既助力于国家的内政外交工作，又给本国女性发展提供了良好的范本。第一夫人的形象传播是公共外交策略的一种，运用得当可以改善国家形象，提高国家的知名度和认同度，达成一定的政治目的。新闻媒体可以在报道比重、细节呈现等方面进一步优化此类报道，保持第一夫人形象具有长期稳定的媒体可见度。

犯罪新闻中的潜暴力书写与伦理转向

近年来中国新闻媒体对公共安全危机事件的报道越来越重视。当有恶性暴力事件发生时,媒体大多能站在批判的立场上抨击暴力行为,揭示犯罪原因并总结经验教训,试图在新闻竞争中脱颖而出。然而,不少新闻报道却通过各种潜在的形式有意无意地宣扬了暴力思维,一定程度上助长了社会戾气的滋生,反映出某些新闻工作者对公民基本权利的无知和漠视。这不仅体现在与性别暴力有关的新闻中,更是社会性新闻报道中的常见现象。

此前学界多从新闻采访的角度对"媒体暴力"行为进行伦理反思,实际上在新闻的文本呈现中这种暴力思维亦有显露,体现在媒体角色定位、语词画面处理、议程设置、事件归因等多个侧面。在新媒介技术日益发达的背景下,专业新闻机构、职业新闻人和新闻价值标准都发生了巨大的变化,作为新闻专业主义重要内容的传播伦理也正面临着转向的呼声。

一、"以暴制暴"的媒体审判

凶手的暴行引发社会舆论强烈的谴责情绪,这本是人之常情。但是在司法程序还没有完全展开的前提下，一些新闻报道就先行做起了"媒体审判"，利用所谓"百姓的声音"对犯罪嫌疑人进行民间的刑罚裁量。在谴责行凶人时，不少媒体都将"以暴议暴"当成了合理合法的媒介手段，即使用具有暴力色彩的语言宣泄对凶手的愤怒。

这种情绪化的现象在某些具有女性主义倾向的自媒体中是比较常见的。在江歌案报道和评论中，拥有1000多万粉丝的微信公众号"咪蒙"反复使用具有人身攻击性的字眼，甚至在回复网友的留言中说道，"如果是我的孩子，遭到这样的对待，我不会跟对方讲道理，我会杀人！！！"

即使是在传统的新闻媒体中，以暴制暴的媒体审判也是恶性事件报道抓取眼球的惯用方法。在2010年南平校园凶杀案事发之初，某报纸在显著位置高调引用了当地一名出租车司机对行凶人的评价："他配被枪毙？按我们南平人说法，应该一刀刀割掉他的肉！"[①] 还有不少媒体刊登读者来信，怒不择言的论调纷纷见报："恶棍们，向你们翻青白眼都是谦虚，向你们诅咒都是宽恕。你们，该下十九层地狱！"一家媒体甚至编发一篇名为《真该凌迟》的评论，文章用情绪化而非法律理性的语言反复强调凶手该杀的理由。

媒体审判现象是媒体权利过分膨胀之后的畸形产物。它将媒体工作的权利意识异化成了权力意识。在犯罪事件中，新闻媒体的基本角色是环境的监测者和预警者，持上

---

① 廖雯颖，郑民生. 从医生到凶手. 齐鲁晚报，2010-03-28（A11）.

述论调的媒体却把自己当成一个裁决者,潜在地认为自身有权力代表所谓"正义"去宣判罪犯。在这种心理优势的驱使下,媒体发生了权力越位——记者报道的"权利"变为审判的"权力"。一旦遭遇法律意识淡薄的媒体,那么他们的公共话语权也就恶化成了语言暴力。[①] 不去引导受众思考如何依靠法律理性地解决冲突,如何建立健全社会保障制度等问题,反而将群众的口舌之快当作所谓的"民意"引向舆论的风口浪尖,恰恰是放弃了舆论引导这一媒体的基本职能。

"媒体审判"行为一方面会制造巨大的舆论压力,迫使法院按舆论代表的所谓"民意"办案,进而可能影响司法独立和司法公正;另一方面媒体在法院判决之前和判决之外,直接给案件当事人造成了不良的社会舆论影响。在法制日益走向健全的条件下,"媒体审判"是违反法律的行为,与我国法律的无罪推定、罪刑法定等原则高度相悖。

应该说,暴力事件在一定程度上正是酝酿于社会仇视和人情冷漠,而以暴制暴的思维只会为激发新的社会仇恨累积能量。事发地有一小学生在作文中这样写道:"你要真忍不住仇恨,你就去杀那些贪官,你怎能杀掉这么多可爱的孩子?"不管是杀孩子还是杀贪官,满口皆"杀"、视生命如草芥的控诉方式恰恰揭示了社会戾气对孩子潜移默化的影响。而这种非理性情绪和简单思维正是不少犯罪新闻热衷于传递的。

---

① 陈力丹.我国传媒业的职业道德意识与自律建设.现代传播(中国传媒大学学报),2007(1).

二、暴力细节呈现与社会戾气传播

在关于犯罪新闻的研究中,犯罪事实的处理尺度一直是业界和学界的焦点问题。日本《NHK国内节目标准》规定:"对于犯罪的手段和经过,不做必要限度以上的描写……不得对残虐行为和肉体的痛苦进行详细的描写和夸大的暗示。"目前中国新闻界尚无具体的法律法规对此做出明确的规定,能见到的少数文字规范也多以行业自律的形式出现。我国新闻工作者更多的是出于自身的道德良知和人文素养来思考犯罪事实的处理方式。

犯罪模仿理论认为,没有他人的影响,犯罪不可能产生并发展。新闻媒体在其中虽不是唯一的诱因,但也起到了一定的示范作用,拉近了潜在施暴人从犯罪幻想抵达实际行动的心理距离。这种示范作用在犯罪动机、犯罪手段、施暴目标和实施犯罪后如何克服恐惧心理等方面都有体现。美国校园暴力和防自杀专家科尔曼称之为"媒体示范效应"(the copycat effect)[1]。在系列校园暴力事件报道中,一些媒体对犯罪事实有闻必录,甚至不惜浓墨重彩,其预期效果显然还停留在迎合受众猎奇心理这样的浅表层面,并未对细节处理不当引发的社会影响有更自觉的警惕。具体表现有如下三种:

一是强化个体性的、偶发性的施暴动机使之成为某种社会必然。潜在施暴人的反社会心态是由社会环境、家庭背景、人生际遇等各种因素综合影响形成的,具有一定的

---

[1] 阴卫芝.校园暴力案报道的伦理反思.新闻记者,2010(7).

个体偶然性。但不少报道在分析施暴动机时并未进行更专业更深入的采访，而仅仅剥离出其中的语言表象加以重复报道。以下这几种动机在若干篇报道中多次出现：

他一直重复"我对社会不满"这一句话。

他嘴上说着"有人不让我活，要将我逼疯，别人也别想活"。

郑民生选择在当地条件最好的小学对孩子下手，是想制造轰动效应，让外界知道他在原单位受了委屈，让自己的仇人也被外界仇恨。

这类报复社会、制造轰动效应的动机猜想未必就没有一定的现实依据，但远不止杀人动机的全部内容。然而这类论调具有简单易重复的特点，高频率出现反而会让有相似处境的潜在施暴人找到某种行凶的"合理性"。新闻报道在"对社会不满"和"暴力杀人"中搭建了简单的因果对应，让暴力杀人变为宣泄社会不公的唯一手段。据《北京晚报》报道，南平事件后，单北京一地就发生7起针对中小学幼儿园的案件。深圳一男子曾在网络上散布杀童恐怖言论，被抓获后当即承认这样做是为了吸引社会关注。媒体的暴力示范作用不可小觑。

二是新闻中施暴计划、施暴手段和施暴现场过度清晰。一些报道将施暴人的行凶计划原封不动地还原，可谓步骤清晰思维缜密。甚至某些与新闻主线不相干的细节也会被记者津津乐道，如"他原计划杀掉30个孩子"。对施暴人的描述，关于如何有效地使用凶器，如何选择致命的刺杀位置等都可见到详细的报道。部分新闻还使用特别刺激性的词语和图片,强化行凶过程的暴力色彩。比如,"抓着学生书包,凶手残忍割喉""55秒!前外科医生捅杀八学童""这人捅孩子,简直像割菜""多次搅动匕首柄",等等。在这样的报道中,记者似乎是在伸张正义,在语言上却看不到多少对逝者的悲悯和尊重;似乎是在谴责暴行,却为潜在施暴者预见犯罪的有效性和可行性提供了强大的技术支持。在相继发生的6起案件中,有5起的作案工具都是刀具,这不能不引人深思。

三是将施暴对象标签化的倾向也很明显。在南平、泰兴、雷州等几个案件的报道中,受害学校及幼儿园都被媒体贴上了重点小学、贵族幼儿园之类的标签,意欲揭示贫富分化严重、社会等级明显的现状对施暴人产生的心理重压。但这种预设的报道意图过于急切,标签之下未必都有确凿的事实作为依据。泰兴幼儿园案件中,孩子家长表示,他们所在的幼儿园并不是全市最好的,并向记者指明最好的幼儿园是哪一处。家长们的担心既表明了他们对暴力再袭的恐惧,也透露出他们对媒体引导的担忧。一些犯罪计划本身是无目标、无针对性的,而报道犯罪的新闻有意无意地将受害者的某种身份特征作为新闻点,恰好为潜在施暴人更加明确地指出了可以下手的目标。

对犯罪事实不加选择、有闻必录的做法暴露了新闻真实和新闻伦理之间的矛盾。一些媒体工作者将呈现新闻真实凌驾于一切问题之上,认为这才是新闻伦理的最高标准。报道对犯罪过程进行全景再现可谓真实而全面,却是以有违新闻伦理的自然主义表现为代价的。①从新闻接受的角度来看，这些充斥着暴力元素的语言和画面将受众无意中绑架为刑场的看客——在古代，对死尸以及杀戮过程的展示是一种无以复加的惩罚，是对生者最严厉的警戒。但现代受众不是看客，而是独立的且有尊严的传播对象。

如此简单地处理暴力细节与现阶段我国媒体短视的、功利性的传播动机分不开。尽管打着同情、正义或救援的幌子，这些细节的呈现还是难逃吸引公众眼球的基本动因。而这一点很容易被境外舆论丑化中国、攻击中国政府提供机会。在2012年周克华持枪抢劫案中，中国官方媒体在周克华被击毙后发布了一组血腥的尸体照片，多家海外媒体形容其为毛骨悚然。而一些外媒将这些照片配上重庆市民兴高采烈围观击毙现场的报道，刻意营造出一种中国社会自上而下缺乏人情味的氛围。②从犯罪模仿、受众心理和国际影响等角度来看，暴力细节的有闻必录是有害的。

三、议程设置中的暴力发酵

在新闻议程设置中，将犯罪行为夸大和重复处理的问题也在拷问新闻真实性应有的尺度。一些媒体不惜动用大量版面资源细致报道犯罪过程。笔者对系列校园暴力事件发生初期6家相关报纸的版面安排进行统计后发现，报纸

---

① 丁柏铨，陈月飞.对新闻伦理问题的几点探究.新闻传播，2008（10）.

② 姚远.从周克华连环杀人案看恶性暴力事件的对外报道.对外传播，2012（10）.

对此事件的版面预留充分，大都将之置于头版显著位置或使用专版报道。

　　新闻对版面资源的占用与其自身的新闻价值是成正比的。恶性杀人事件新闻价值高，理应得到更多的版面资源，这一点本无可厚非，但是犯罪新闻的报道尺度要同时兼顾到新闻本身所具有的社会杀伤力——满足受众的知情权并非对他们未知的内容不加节制地渲染、重复和夸大。南平事发后第一天，某报的整版报道用带血的刀具作为题图，用工作人员正在清洗"血流成河"的校门作为主图，再加上"割喉""砍杀"等刺激性的标题（见图2-1）。这样的信息无异于让暴力事件以更加戏剧化的形式不断重播，加深受众对社会环境的恐惧感和无措感。

图2-1 《南方都市报》，2010年3月24，A05重点版

除了版面资源的配置以外,新闻议题的设置也反映出媒体对暴力过程的高度迷恋。新闻报道的议题可以分为事实议题和价值议题两种。事实议题总是指向分析命题、客观陈述和内在理由;而价值议题则指综合命题、主观评价和外在理由。我们对系列校园暴力事件的新闻议题进行了分类统计,(见表2-6)其中事实议题是指对案件发展过程的呈现,对政府、学校相关措施的客观反映;价值议题则是指社会各界人士对事件背后深层社会问题的反思和质询。

表2-6 议题设置分类统计

议题类型		议题	数量	占比
事实议题	案件报道	案件基本情况、发展及结果	81	21%
		受害者伤亡情况、背景调查	19	4.9%
		犯罪者个人背景、犯罪动因调查	19	4.9%
		总计	119	31%
	安保情况报道	中央及地方安全工作部署	61	15.8%
		校方具体安全措施落实	112	29.1%
		针对校园安保的质询及建议	27	7%
		总计	200	51.9%
价值议题		社会根源问题剖析	14	3.6%
		相关人士的社会反馈、建议和行动	23	6%

续表

议题类型	议题	数量	占比
价值议题	媒体对自身报道的反思	5	1.3%
	总计	42	10.9%
	其他	24	6.2%

统计结果表明，关于校园暴力事件的事实议题占到总议题的82.9%，而价值议题只占了10.9%。犯罪事件的发生归根结底是一种社会病。如何建立健全公正的社会制度，如何减轻边缘和弱势群体的反社会情绪并疏导心理能量，以社会精英身份出现的媒体人又该怎样反思自己的无意识暴力行为，这些都是媒体应该关注的价值议题。遗憾的是，这些议题仅是偶有涉及，但都不是都市媒体报道的重点。

从2003年"非典"报道开始，中国新闻学界一直从新闻伦理角度反思传播方式对受众心理的干扰及其与传播意图的背反。灾难性事件本身已经对受众产生负面影响，如果对此类事件进行大篇幅、高密度的报道则会大大加深这种负面影响，造成试听窒息乃至集体恐慌。"非典"时期中国民众谈"非"色变的心态与当时媒体铺天盖地的报道不无关系。汶川地震后，大量破坏性现场和惨烈的血腥场面既让灾区受众二次暴露于灾难情景中，也对其他受众造成情感伤害和精神恐慌。① 实际上，新闻传播中的受众

---

① 王卉.灾难报道中的新闻伦理——基于汶川大地震的案例分析.西南民族大学学报（人文社科版），2008（9）.

考虑因素包含两个层次：一是吸引和保持读者的考虑因素（attractive consideration），二是保护读者和社会秩序的考虑因素（protective consideration），而后者往往被忽视。

具体到犯罪新闻的传播，提高亮度的报道过程也正在干扰着普通受众对犯罪现象的认知。英国学者格雷姆·伯顿在《媒体与社会：批判的视角》一书中指出，报纸中有关犯罪和暴力的报道与现实生活中的犯罪率匹配度并不高，也就是说媒体的相关报道往往夸大了恶性犯罪案件出现的频率。对苏格兰一份报纸的分析表明，暴力犯罪和性犯罪在所有犯罪新闻中占了45.8%，而根据警方统计，这两类犯罪只占所有犯罪案件的2.4%。[1]大众传媒所塑造的拟态环境在认知上或许比现实社会更加危险，加剧了公众对社会的不安全感。

四、事件归因中的权利盲区

对暴力事件最初的震惊过去之后，受众需要了解事件发生的深层原因，媒体的归因工作由此展开。暴力犯罪行为的发生有其特定的社会根源，比如弱势群体的艰难生存、贫富不均、官员腐败、社会制度不健全等，也有施暴人的个体原因，比如成长环境的特殊、心理方面的疾病和随机的触动诱因等。客观地说，暴力行为是多种力量共同作用的结果，带有一定的必然性，也兼有偶然性。审视必然因素，厘清偶然因素，探究内外因的相互作用，都应该是媒

---

[1] [英]格雷姆·伯顿.媒体与社会：批判的视角.史安斌,主译.北京：清华大学出版社，2007：118.

体报道的重点。但是，一些新闻报道却出现简单归因的倾向，将复杂的社会问题仅仅归结为社会不公、恋爱失败、失业、施暴人有精神疾病等。特别是对施暴人个体原因的草率处理有可能形成新的媒体暴力。

在系列校园暴力事件中，施暴人郑民生的犯罪动因扑朔迷离。媒体找来各路心理学和精神病学专家为当事人的心理状况下了多种定义：反社会人格障碍者、逆商心理、习得无助……有专家甚至断言："一连串凶杀案的背后，凶手都患有心理疾病。"事实上，出于多种力量的牵制，郑民生的司法精神鉴定结果至今也没有对外公布。但这并没有妨碍事发当时一些媒体策划整版报道，列举出心理疾病常见症状，让人们能够更快地识别出这类人群。一场群众性的对精神病患者的集体恐惧蔓延开来。有人在对死者的哀悼寄语中写道："孩子去吧，天堂里没有'疯子'。"某报登载网友留言："应考虑加强精神病患者的免费收治工作，统一管理控制，以免有暴力倾向的患者对社会构成危险。"据报道，一些地方公安部门也加强了对社区精神病患者的排查和管制。不少邻居、同事和同学在记者的一再追问下，不得不开始努力回忆凶手郑民生生活中的不正常迹象，一位自称郑民生高中同学的女性对其杀害学生之举感到震惊，但又觉得冥冥之中有注定。"不是我落井下石，他（郑民生）高中时候就有那么一点神经质。"……

精神病患者是否必然带有暴力威胁？实施了暴力行为的精神病患者需要哪些法律保护？启动司法精神病鉴定的权力掌握在谁手里？未能按法律程序进行鉴定的行为背后又潜藏着哪些力量的博弈？等等。这不仅涉及对某类特定人群的关照，更可见媒体是否有能力对公民社会的人权进行思考。遗憾的是，一些媒体仍然在精神病患者都有杀人倾向的小圈圈里打转，为受众鼓吹所谓的防暴措施。

在犯罪事件中，新闻媒体的作用不仅限于呈现新闻事实，警示社会问题，还扮演了定义风险的角色。[①]上述媒体就是在定义社会风险的心理学模式，将犯罪动机指向精神疾病或心理失常。不同的报道归因模式会导向不同的社会问题解决路径。如果媒体长期提供片面化的、零碎的归因模式，提出处理的方法也容易流于表面，如加强对精神病人的监管等。媒体草率地将聚光灯投向了精神病患者，形成了对这个群体的"媒体逼视"。这种媒体逼视将精神病患者列为"被看"的对象，人为地制造出"我们"和"他们"的对立，促使普通人对精神病患者形成高度戒备。[②]

五、从犯罪新闻看传播伦理的转向

在新媒体技术快速发展的今天，新闻专业主义的内涵正发生着巨大的变化：传统新闻业集体转型、职业新闻人身份重构、新闻价值标准重新建立……其中"重塑一种新闻伦理不仅是拯救新闻专业主义的必要条件，也是维护信息生态健康、有序，整个社会和谐、平衡的助推因子"[③]。

---

① 孙玮.风险社会中新闻媒介的社会角色——以福建南平校园暴力犯罪案的媒介表现为例.当代传播，2011（1）.

② 陈力丹，王辰瑶."舆论绑架"与媒体逼视——论公共媒体对私人领域的僭越.新闻界，2006（2）.

③ 刘丹凌.困境中的重构：新媒体语境下新闻专业主义的转向.南京社会科学，2012（2）.

在传统的新闻伦理中,理性和责任的向度更多是从事实层面来表现的,即重视新闻报道的真实、全面、客观的诉求。如今,这种取向应该转变为新闻事实和人文关怀的并重。因为新媒体文化是一种以人为本的文化,主体的觉醒和解放呼唤着对人之价值的重视。在美国经典教程《媒介伦理学:问题与案例》中,菲利普·帕特森也指出新闻工作者要重视被报道对象的尊严(dignity),看重每一个人,不论这个报道是什么,或这个人在报道中扮演什么角色。[1] 人文关怀在犯罪新闻中的体现大致可以从以下几个角度展开。

首先,在语言和图片的使用上应回避血腥与暴力的直接再现。除了局部遮蔽、整体模糊或剪裁等技术手段外,还可以采用更为平和含蓄甚至艺术化的表现手法。这虽然没有醒目的直接效果,但却非常考验记者和编辑的表现能力和思想深度。美国学者罗恩·史密斯指出,暴力呈现必须经过审慎的考量:"在决定是否刊登情绪激烈的照片时,编辑和新闻主任往往会权衡三个因素:第一,照片是否有助于说明报道内容;第二,公众是否有必要看到这些照片;第三,同情照片中所摄人物的必要以及同情公众的必要。"[2]

南平校园凶杀案发生第二天,《齐鲁晚报》头版用 1/2 的版面刊登了一幅大图——一条滴血的红领巾,旁边配有两字黑色大标题"惊·恸"。画面设计简洁有力,具有视觉和情感的双重震撼力。转天该报头版再配大图,内容为学

---

[1] [美]菲利普·帕特森,李·威尔金斯.媒介伦理学:问题与案例.第四版.李青藜,译.北京:中国人民大学出版社,2006:34.

[2] [美]罗恩·史密斯.新闻道德评价.李青藜,译.北京:新华出版社,2001:220.

生们在布置受害学校门外的花墙,角落里加上了一支正在凋零的花朵,大标题为"哭泣的南平"。这里没有血流成河,也没有匕首凶器,读者却仍能从中读出对逝者的哀思,更能感到坚强活下去的温暖和勇气。(见图 2-2)

图 2-2 南平事件事发后第二、第三天《齐鲁晚报》头版版面

其次,从暴力行为本身拓展思路,关注犯罪背后的新闻。就在周克华持枪抢劫案发生前不久,美国科罗拉多州丹佛市也发生了骇人听闻的影院枪击案。细读美国当地媒体的报道发现,他们将报道重点放在了悲剧背后的社会原因上,对美国过于宽松的枪支管理、电影暴力的影响等进行深刻反省。由于嫌犯曾接受过校医的心理咨询,但无果而终,媒体也开始探讨美国心理咨询机制的漏洞。可见美国犯罪新闻背后隐含的一个主线就是如何避免相关悲剧再次发生,如何通过一次惨痛的教训来激发社会性的思考。

据笔者统计，南平校园凶杀案发生后10天左右的时间，中国不少媒体都将报道重点转向从多角度探讨暴力行为的防范措施上，体现出较强的差异化竞争意识。有的在视角上求新，比如关注城乡差异，质询农村学校的安全经费问题，调查城市私人幼儿园的管理漏洞等。《南方周末》刊发了一篇题为《保卫孩子，他们发动了"人民战争"——校园安全的海外经验》的报道，专门介绍海外的安保经验。有的媒体则在深度上取胜，《羊城晚报》就提升校园安保功能策划了整版报道，内容涉及校园安全立法、应急预案和长效机制，将问题提升到法律和制度层面。

再次，从关注施暴人到关注社会群像。当悲剧发生，中国记者往往将大量笔墨花在犯罪分子和作案过程上。而与案情有关的受害者、破案人员、见义勇为者的面目则相对模糊。相对来说，西方记者既追问制度、文化等宏观层面的问题，也关注个体人的生存状态。《纽约时报》在报道弗吉尼亚校园枪击案时以《悲剧的一天：一个朋友，一位上帝的聆听者，一个受害者》为题，追忆一个死难者及其同学、家属和朋友的生活，讲述他们关于痛苦和勇气的故事。读者接收的是这样的信息：制造悲剧的少数人是冷血的，但我们的社会并不冷血。

近几年，中国新闻媒体对此也多有反思和改良。在组织周克华案件的对外英文报道中，新华社对外部的记者编辑没有局限于官方发布的抓捕细节，而是加入了重庆市民的采访、网民的评价、民警回忆惊险的抓捕过程等内容，力图通过普通人的视角检视一起恶性犯罪对中国社会生活的冲击，缩小了"权威发布"可能给海外读者带来的距离感。特稿《连环杀人犯被击毙让中国民众松了一口气》播发后,许多海外媒体亦采用了类似的标题,说明这种处理得到了海外的认可。《中国日报》刊发了《枪击案受害者无力支付巨额医药费》呼吁政府加强对恶性犯罪事件受害者的援助,为周克华案的系列报道增加了一抹人性的亮色。特别是在周克华被击毙,他的母亲遭到某些媒体无情的逼问后,新华社对外部立即于次日播发英文稿件《中国网民呼吁媒体宽待嫌犯家人》,客观指出嫌犯家人也是犯罪事件的受害者和舆论风暴中的弱势群体,他们保持沉默的权利应当得到媒体和公众的尊重。稿件一经发出立即被境外媒体纷纷转载。

综合上述,目前我国犯罪题材的新闻制作正处于过渡时期,即从二元对立的、模式化的思路中脱离出来,开始进行人性化、叙事性的深度探索。暴力是一个有价值的新闻点,但这并不意味着它必然是一个绝佳的利益整合点。在新的媒体环境中,具有人文关怀立场的新闻才能避免报道行为本身形成新的媒体暴力。性别解放反对的是霸权机制本身,如果只是互换暴力行为中的施害方和受害方的位置,那将与真正的性别平等愈行愈远。

妇联组织官方网站的性别观念与功能实现

据新生代市场监测机构调查显示，中国女性每天使用互联网的时间在近几年呈现激增趋势，其使用频度和时长已经超过广播、报纸和杂志等传统媒体。其中各级妇联组织官方网站一直致力于借助新媒体的媒介优势，传播性别平等的国家政策，组织社会公益活动，进而影响中国的性别平等舆论。2000年7月，天津市妇联率先成立天津妇女网（又称心堤网）。随后，全国妇联主办的中国妇女网于10月开通，其他各级妇联也纷纷建立官方网站。这些官网的建立为广大受众提供了党和国家在妇女儿童事业发展方面的权威政策和实践动态。近几年来，一些网站还借助公共论坛、微博、微信、留言板等媒体形式为受众提供网上办公和帮扶渠道。可以说妇联官方网站已经成为妇联系统政务工作中不可小觑的媒体力量。

然而，纵观当前各级妇联组织的网站建设可以发现，互联网的媒介优势并没有完全发挥出来。在性别平等意识的体现上、网站形式和内容的设计上仍有进一步发展的空间。对这些维度的研究和改进工作将有助于提高妇联组织官网的关注度、参与度和传播有效度。比如笔者通过对32家省级官方网站进行统计分析发现,仅有35.5%的网站提供了清晰的人员组织结构图,51.6%的网站提供了有效的官方邮箱,12.9%的网站设有在线论坛,方便受众参与讨论。这在很大程度上影响我国性别平等政策和相关舆论的有效传播。

本文综合使用内容分析、文本细读和意识形态分析等研究方法,以各级妇联组织官网为研究对象,重点探讨此类网站在内容建设和形式设计中的性别平等意识和受众服务意识,同时运用公共关系学的相关理论对网站的展示功能和对话功能进行实现程度的测量。最终为妇联组织官网提升公众知晓度和参与度提出切实可行的改进方案。

一、妇联组织官方网站的媒介特征和功能

目前我国有32个省级妇联官方网站,它们分别是北京、天津、河北、山西、内蒙古、辽宁、吉林、黑龙江、上海、江苏、浙江、安徽、福建、江西、山东、河南、湖北、湖南、广东、广西、海南、重庆、四川、贵州、云南、西藏、陕西、甘肃、青海、宁夏、新疆和新疆生产建设兵团的妇联官方网站。这32家网站构成了我国妇联组织在互联网上进行舆论传播的主要力量。除省妇联外,大部分市区县级妇联也有自己的官方网站。

各级妇联兼有政府组织与非政府组织的双重特点与功能,其下属的大众媒体在信息传播方面也相应地发挥着双重作用。一方面政府组织的性质决定其肩负着宣传党和政

府在妇女儿童发展方面的政策法规和社会实践的任务。具体而言就是倡导自尊、自信、自立、自强的女性精神，利用新媒体的独特优势构筑全面丰富的女性文化空间，打造受众自由交流的公共论坛；提供政务类信息，为受众提供在线办事服务；呈现社会各界为女性创业就业、妇女儿童权益保护等问题采取的具体措施，提供各项共建活动的专题页面链接；用多语种反映我国妇女组织与世界各国妇女组织的交流情况等。

另一方面，妇联的非政府组织性质又要求妇联官方网站遵照大众传播的一般规律，用受众喜闻乐见的形式传播他们关心的有实际效用的信息。这就要求妇联官方网站应该具有明确的受众服务意识，在信息内容的安排、网站功能的设计和办公流程的设置等方面都必须从受众角度出发，以用户满意度为衡量网站质量的最终标准。

二、妇联组织官方网站内容建设中的性别意识

经过二十几年的建设和发展，妇联组织官网已经颇具规模。基于妇联组织特殊的政治属性，性别平等意识理应是始终贯穿于官方网站内容建设的基本精神。研究发现，这种意识并没有贯穿在网站内容建设的始终，有时甚至与男女平等的基本国策相背离，反映出网站运维人员的性别平等意识亟待提高。

（一）强化职场女性外貌美的重要作用

整体来看，妇联组织官网上关于女性职业生活的内容

主要分为两类，一是创业就业类，包括手工编织、家政服务等；二是职场服务类，包括职场礼仪、职场妆容、职场服饰、职场发型等。第一类内容的比重较大，醒目地放置在网站首页的导航栏处。与之相比，后一类关于职场规则、职业技能、职场心理的内容比重较小。研究发现，在后一类内容中，网站更侧重发布女性在职场的妆容、服饰、发型等话题，突出表现的是热衷于靓丽妆容、时尚衣着但职业能力不详的女性形象。这样的处理方式无意中暗示了女性职业能力的匮乏，与网站设立此类栏目的良好初衷稍显背离。

以天津妇女网为例。该网站关于职场女性的频道被冠名以"时尚女性"，其中关于妆容服饰类的文章约占50%以上。《歪眼线 bye 上钩眼妆闪爆眼球》《盘点 MM 穿戴内衣的 4 个错误》《眼部按摩法 让皱纹消失无踪》《几天洗一次头对发质是最好》《5 招抗击假皱纹 重获光滑嫩肤》《当旧时装成为时尚圈新流行》等文章充斥了频道版面。调查期间频道首页仅显示了一条与处理职场人际关系有关的文章：《揭秘：最易被潜规则的职场女人》。而文章中又多少暗示了被潜规则的女性可能有自身行为不检点之处，透露出作者可能具有"红颜祸水"的潜在思想。

（二）夸大女性作为社会弱势群体的被动地位

妇联组织官网中的女性人物经常会被描述成只能被动接受社会帮扶的弱势群体，而无法独立解决工作和生活中的实际问题。被表现最多的是落魄的失业女工、被丈夫抛弃的妻子、无助的单身母亲、或者无人照顾的老人等女性形象。社会生活中多样态的女性形象并没有很好地均衡呈现。尽管网站的宣传目的是出于彰显妇联组织帮扶效果的考虑，但这种呈现方式可能会使女性形象囿于社会弱势群体的藩篱而无法获得独立自强的媒体地位。

在妇联工作动态的报道中有不少新闻表现干部同志慰问生活困难的女性。编辑们通常将妇联干部作为新闻事件的活动主体，重点表现他们如何关怀弱势女性的生活和工作。在这种叙事视角中，被慰问对象的主体性成了叙事的盲区，鲜有笔墨表现她们具体的心理历程和奋斗始末。这可能会给网站的受众某种政治错觉：中国女性在生活和就业问题上经常无法做出正确有力的抉择。她们总是面临着合法权益被侵害的危险，必须时时依靠政府部门的救助才能生存。

天津妇女网在题为《关爱困难母亲 送温暖进村》的新闻中写道：某月某日，市妇联副主席带领某企业董事长到某地开展送温暖活动。活动中，市妇联副主席送去了……详细了解了……要求……随后，市妇联副主席在镇领导的陪同下，对……进行调研……企业家某某也准备初步……这则新闻的活动主体是妇联干部及企业家。从"开展""送去""了解"等字样可以看出，记者笔下的政府部门和干部个人是具有主体力量的，而被帮扶的单亲困难母亲、留守儿童、五保户、残疾户和特困群体等则是孤独无依、急需救助的形象。

妇联官方网站应该向世界展示中国女性自尊、自信、自立、自强的精神风貌，而上述新闻类型在妇联官方网站上并不少见。应该承认，这类需要特别帮助的女性在今天的现实生活中是客观且大量地存在，正是妇联组织等政府部门的扶持从根本上改变了她们的命运。但是从媒体传播策略的角度来看，在官方网站上如此高密度地报道此类女性形象，可能会限制肯定政府决策力和行动力的正面效果，甚至会影响现代中国女性在媒体世界中的精神风貌。

（三）忽视女性发展所必需的社会性资讯

当代职业女性和男性一样，大多穿梭于公共空间和私人空间。当她们在公共空间扮演职业角色时，需要专业化的职业信息和社会资讯帮助她们提升个人修养和职业能力；当她们在私人空间扮演女儿、母亲和妻子等角色时，则需要家庭情感等方面的生活服务类信息。妇联官方网站致力于推动当代女性的全面发展，应该提供女性所需的各类信息。研究发现，一些妇联官方网站的内容建设仍以表现服饰美容、婚姻情感、育儿持家等生活服务类内容为主，而对政治、经济、法律、科技、军事等现代女性同样关注的信息表现甚少。

以宁夏妇女网为例，其资讯服务类频道叫"美丽人生"，包括魅力女性、婚姻家庭、健康宝典和生活家居四个版块。而作为现代女性职业人所必需的政治、经济、法律、科技、军事等信息几乎没有出现。这样一来，女性的"美丽人生"就缩减成有限的私人生活。如果将女性生活空间狭隘化、刻板化，那么女性受众在个人职业和修养发展中所需要的信息就会不均衡。

(四)将女性角色固化为"好母亲"和"好妻子"

现代社会的两性角色正日渐从强制性社会的规约中解放出来——选择照顾家庭还是外出工作的社会分工由家庭成员平等协商决定。社会上既有悉心照顾家庭的全职男性,也有全心工作的职场女性,更有两者兼顾的男性和女性。从这个意义上说,现代女性的角色选择同男性一样是自由而多样态的。

在妇联组织官网的栏目设置和文章内容上,有意无意地会有一些暗示:女性必须要扮演好母亲和妻子的角色,否则就不是合格的女性。像育儿、家居、婚恋等是不少网站的必备栏目。比如《妈妈们必知的6大育宝忠告》《孩子控诉妈妈的10大罪状》等文章用必知、控诉、罪状等带有强制性、谴责性的语汇告诫女性,如果不了解育儿知识,没有照顾好家庭就不是一个"好"的女性。值得注意的是,这样的论调从不召唤男性参与家庭工作,从不支持两性家庭成员自主选择居家还是外出工作,最终结果是将母亲和妻子身份夸大,固化成女性的全部身份。

(五)政治话语对性别话语的挤占

宣传政务类信息是妇联官方网站的重要媒介功能之一,如刊登妇联组织的工作动态、创建在线办事的渠道、登载法律法规的下载和解读等。与此同时,妇联官方网站还具有传播性别平等精神,展现中国女性自尊、自信、自立、自强的精神风貌等职责。在妇联官方网站上,政治话语与性别话语应该同时渗透在网站内容建设中:政治话语展现妇联组织的工作动态，性别话语展现现代女性的精神面貌。但作为政务性质的网站，妇联官网有时会出现政治话语偏多，性别话语空间偏小的倾向。

笔者对32家网站的内容进行细致的分类统计后发现，政务类内容占48.7%。也就是说，网站大约有一半内容是介绍各级妇联的组织架构、人员构成、领导讲话、调研报告、文件资料、法律法规等。而新闻类内容占17.2%，其中大部分内容也是关于妇联工作的动态。以上两类内容大致占了66%的比例，而关涉女性实际生活、精神发展等性别话语的比例不足40%。

值得注意的是，上述政务类文章又经常采用政府公文的形式，以妇联各级领导活动为主体，女性意识及女性的主体地位并不是被表现的重点。以天津妇女网为例，该网站只有一个新闻类频道叫"我们关注"，其内容主要为妇联工作动态，而并非女性关注或关注女性的社会性新闻。笔者随机抽取该频道2013年11月3日发布的13篇文章进行标题用词分析，发现国家领导人出现3次，市妇联及其领导出现4次，妇女大会出现2次，男女平等基本国策出现1次，妇联领导送温暖等活动出现3次，而正面描述女性的语汇并不多见。这样的内容建设多少背离了最初为女性服务的设立宗旨。

三、受众意识视角下妇联官方网站的形式设计

一般来说，网站的宣传宗旨指导着网站的功能定位，网站的功能定位又统领着网站的架构设计。本部分主要针

对妇联官方网站的总体架构和内部建设进行分析,重点考察其与妇联官网设立宗旨之间的契合程度。我们将从首页及导航栏设计、频道设置及信息时效性等方面研究妇联官方网站的总体架构;从稿签设计、文章内容呈现、多媒体技术应用等方面研究妇联官方网站的内部设计。

(一)网站总体架构中的受众意识

1. 首页及导航栏设计

首页设计是一个网站第一时间抓取受众眼球的核心设计要素,它包括首页屏数、导航设计、版面使用、网页显示等内容。一般而言,首页设计不能过长,一般不超过两屏长度;通常按照网站的核心价值理念对首页进行布局,将各个频道中最突出的栏目入口安排在首页上;以形成目录式的首页为宜。①

研究发现,我国妇联组织官网一般采用四屏的长度设计,甚至有五屏至六屏的长度。这种网页长度需要受众不停地向下滚动鼠标才能看完全部网站内容。一些首页设计复杂拥挤,页面上聚集了细密的选项、文字、链接以及色彩驳杂的画面。当受众长时间浏览网站时会感觉疲劳,难以快速获取重要的信息。还有的网站导航栏设计累赘,占用了过多的首页资源。在页面底部的"相关链接"处,也有网站采用罗列式的呈现方式,不仅版面庞大,更影响到了页面的整体美观。比如有网站在首页底部罗列了88个相

---

① 陈小筑.中国政府网站建设与应用.北京:人民出版社,2006:181.

关网站链接，占用了近 11 行的通栏空间。

实际上，页面的留白，即那些没有显示任何文字和插图的部分，非常有助于人们将页面上的信息分解为一些易于管理的单位。在分组周围提供足够的空白能够在不引起受众视觉疲劳的情况下，让他们迅速采集、接纳最重要的信息。相关研究表明，互联网的受众并不倾向于向下滚动鼠标。四屏的首页长度需要多次滚动鼠标才能拉到屏幕底部，使其使用便捷性大打折扣。建议妇联组织官网将部分内容放置在二级页面中，只在首页设置一些关键性的导航按钮，使首页呈现两屏的简洁方式。同时将两行横向导航改为一行横向导航，在一行导航内再加设下拉式竖向导航，以减少对首页空间的占用。还可以通过提供网站结构图的方式来帮助用户尽快找到所需信息。

2. 频道设置

妇联官方网站在频道设置上主要分为四类：政务类、公益类、新闻类及生活服务类。目前来看，某些频道存在重叠部分，即某个频道其实是另外频道的组成部分。比如在天津妇女网首页的导航栏设置中，"母亲教育"频道其实是"经典活动"频道的一部分，"女性文学"频道其实是"女性沙龙"频道的一部分，"菜鸟乐园"频道是介绍电脑使用的入门技巧，在内容上与"女性沙龙"也存在一定的重复。但这些频道又都处于单独设置的状态，占用了宝贵的导航栏空间。这样一来，用户在搜索相关信息时要花费更多时间在不同专题下查看。

建议尽量避免把同类型的内容链接到多个导航区域。这些重复性的内容会使受众必须花费更多时间才能找到链接之间的区别和条理。网络传播效果研究显示,网站页面上的对象越少,用户越有可能注意到它们。如果页面上有很多元素相互竞争,反而会削弱彼此的竞争力。网站可以将频道资源进行明确分类,将重复性内容合并到同一频道,使频道划分更趋科学合理。

3. 网站信息的时效性

受众在浏览网站时都希望在最短时间内获取最新鲜、最有用的信息。政务类官网的信息公开更要求"经常性的工作定期公开,阶段性的工作逐段公开,临时性的工作随时公开"[①]。妇联组织官网的职责之一就是第一时间发布我国有关妇女儿童工作发展的重要信息。

研究发现,一些妇联组织官网存在着信息陈旧、更新速度慢等问题,一定程度上影响了受众获取信息的及时性和有效性。笔者于2014年2月9日抽样发现,天津妇女网"立法动态"专题于2013年11日2日发布了最后一条信息,倒数第二条信息却发布于2011年6月2日,时间间隔两年之久。"主体活动"栏目更新到2009年,"历届妇代会"栏目更新到2010年,"案例分析""妇联文件""领导讲话""杰出女性"等栏目更新到2011年,"维权气象"专题更新到2012年。甚至有的专题内已经没有任何内容。一些区县级妇联的"网站公告"和"联系我们"一栏全部是空白。除了时政类信息,生活服务类信息的发布也有滞后现象。比如天津妇女网的"为您服务"版块,最初设计包

---

① 陈小筑.中国政府网站建设与应用.北京:人民出版社,2006:39.

括天气预报、公交线路、天津航班、天津地铁、列车时刻等多种资讯，但其中很多信息已经失效或滞后，反而影响了受众对网站整体专业化程度的信任。

应该说这种信息滞后和残缺的现象与妇联组织官网本身重要的媒体地位很不相称。互联网作为一种信息更新迅速的媒介，新鲜及时的资讯是网站生存的关键，这也是它优于传统媒体的重要方面。网站信息发布的及时性在一定程度上体现了妇联各部门对信息公开工作的执行力度以及对网站内容维护的支持程度。

（二）网站内部建设中的受众意识

1. 稿签设计

稿签包括文章标题、链接标题、来源、日期、点击量、评论按钮、责任编辑、相关报道、相关文章等部分。妇联官方网站的稿签设计存在如下几个问题：一是稿签的准确性。研究发现，网站存在文章标题显示不全的问题。不少网站都没有对首页呈现的链接标题进行长短的修饰。囿于首页分组的栏宽所限，用户只能看到标题的一部分。这个问题在频道页内也同样存在。

以天津妇女网"我们关注"和"维权热线"频道为例，栏目中所显示的文章标题没有根据相应的栏宽进行修改，致使大部分标题无法完整显示而影响语意的接收。比如题为《天津市妇联召开中国妇女十一大天津代表座谈会》的文章显示为"天津市妇联召开中国妇女十"，《关于做好预防少年儿童遭受性侵工作的意见》显示为"关于做好预防少年儿童遭受"，让读者浏览时感到不知所云。跟其他传统媒体相比，网站具有信息流动迅速的特点。网站内容必须符合快速浏览的阅读要求。文章链接标题应当使用简洁且具有冲击性的语汇以吸引读者。

二是信息的准确性和扩展性。网站文章一般分为原创和转载两类。不少妇联网站存在原创文章不标注"原创"字样，转载文章仅显示"转载"二字而没有具体来源等问题。建议将转载的文章标明来源并链接到原出处，原创文章可链接到本网站首页。在文章标题下也设置评论按钮，让受众不必拉到底部就能找到互动的方式。文末链接"相关文章"（一般5篇左右）也可以拓展网站的信息容量。

2. 文章内容呈现

一般来讲，网络文章的主体部分应该段落分明，设置分页，标题与正文以不同的字体、字号或颜色来加以区分。研究发现，妇联组织官网的一些文章存在标题不醒目、整篇文章不分段、字体过小、文章不分页导致滚动鼠标次数过多等问题。这种密不透气的排版方式会让读者产生窒息感，从而很快失去阅读兴趣。网站可以通过突出关键性主题字词的方式将读者的注意力吸引到页面上的特定区域，比如使用粗体或带颜色的文字等。还应保持文章的段落短小，每个段落标明一个主题即可。段落中的主题句清晰明确，使受众快速了解段落大意。

也可以根据文章内容设置分页。浏览网站的受众通常不会在一个页面停留很长时间，而且不喜欢在一个页面上多次滚动鼠标。应当把重要信息按照不同层次分置在不同页面上。此外，考虑到老年受众或其他情况特殊的受众需求，可在设置字号调节按钮，方便受众浏览文章。正在改版后试运行中的中国妇女网就在文章页设置了大、中、小不同字号，解决了不同年龄层受众的阅读困扰。

3. 多媒体技术的应用

当前网站建设中可以使用文字、声音、图形、图像、动画和活动影像等多种媒体技术展示内容，多媒体的生动性、交互性和实时性正在迅速发展。目前来看，妇联组织官网虽然尝试着将多媒体技术应用到网站中，但还限于较小的范围。之所以如此，主要有以下几个问题：一是图片数量不多、图片尺寸较小、图片更新不够及时。比如天津妇女网的"女性沙龙"版块若干年都没有更换过题图。二是视频使用的频度和力度不够，一些视频无法在首页自动播出，只能以静态图片的形式展示。三是除图片和视频的使用之外，其他多媒体方式采用不足。笔者目力所及，只有北京妇女网设置了背景音乐，打开网站之后可以循环播放。

四、妇联组织官方网站的功能实现程度

笔者根据妇联组织官网的基本属性及新媒体发展的特性，将网站的功能分为"展示"与"对话"两个维度。通过创建相关的"调查量表"对这两大功能的实现程度进行评估。其中，"展示"维度分为5个类目共26个独立标准，"对话"维度分为4个类目共27个独立标准。展示维度考察妇联组织官网信息公开的透明性，即以信息单向输出为主要内容的网站橱窗功能；对话维度考察网站与媒体、公众的交

互性,即受众与网站双向互动与信息共享的交互功能。[1]

(一)妇联组织官方网站的展示功能及其实现程度

统计显示(见表2-7),妇联组织官方网站在展示功能的实现程度上,以下9个标准的实现率均达到100%:提供其他相关部门的网站链接(P10),以明确的时间标志标明最近更新的日期或时间(P11),发布近期的相关工作部署或本地新闻类(P13),设立单独的栏目呈现行政服务类信息(P14),以便于阅读的方式呈现工作报告、研究、法规等文件材料(P18),提供展示当地妇女工作或活动的图片(P19),提供网站导航或使用指南(P23),光缆接入打开网页的时间少于5秒(P24),提供返回首页的链接(P26)。

实现程度最高的类目是"登录时间与网站导航"(99.2%)。所有被测试网站均在网页中提供了网站导航或使用指南,光缆接入打开网页的时间少于5秒钟,并提供返回首页的链接。有30家妇联组织官网的首页图片或视频都能在10秒钟内打开完毕。这说明妇联组织官网在基本网站技术的使用上比较成熟。

实现程度居于第二位的是"更新情况"(93.6%)。被测试网站基本上能以明确的时间标志标明最近更新的日期或时间。需要指出的是,这里测试的网站更新情况是指网站更新速度最快的频道或栏目,不代表网站所有频道或栏目都达到了量表所考察的更新标准。

---

[1] 涂光晋,官贺.公共关系视角下中国内地政府网站使用研究.国际新闻界,2010(8).

居于最后一位的是"联系信息"(37.1%)。此项目是考察受众能否快速联系到网站的运维人员。统计显示，只有 22.6% 的妇联组织官网为受众提供了管理员的电子信箱，51.6% 提供的是其他联系方式。这说明妇联组织官网在与受众的联系程度上还存在一定问题。

表 2-7 妇联官方网站展示功能的整体实现程度

类目	标准	百分比（%）	均值（%）
联系信息	P1 提供网站管理员的电子信箱	22.6	37.1
	P2 提供网站管理员的其他联系方式	51.6	
组织信息	P3 提供组织目标或职能的介绍	90.3	79.4
	P4 提供组织架构介绍	90.3	
	P5 提供组织结构图	35.5	
	P6 提供各行政部门的职能介绍	77.4	
	P7 提供领导的介绍	87.1	
	P8 提供下级部门的职能介绍	67.7	
	P9 提供下级网站链接	87.1	
	P10 提供其他相关部门的网站链接	100	
更新情况	P11 以明确的时间标志标明最近更新的日期或时间	100	93.6
	P12 发布的最新一条信息为近三日更新	87.1	

续表

类目	标准	百分比（％）	均值（％）
发布信息	P13 发布近期的相关工作部署（行政服务类信息）或本地新闻类信息	100	84.2
	P14 设立单独的栏目呈现行政服务类信息	100	
	P15 设立单独的网上办公栏目	93.5	
	P16 设立单独的栏目呈现15天以内的新闻类信息	96.8	
	P17 提供妇女新闻网的链接	71.0	
	P18 以便于阅读的方式呈现工作报告、研究、法规等文件材料（如设立专栏）	100	
	P19 提供展示当地妇女工作或活动的图片	100	
	P20 提供展示当地妇女工作或活动的视频短片、Flash	54.8	
	P21 提供文件下载（包括法规条文、表格或研究报告等）	96.8	
	P22 在其他页面有为媒体专设的频道或链接	29.0	
登录时间与网站导航	P23 提供网站导航或使用指南	100	99.2
	P24 光缆接入打开网页的时间少于5秒	100	
	P25 网页首页图片或者视频是否能在少于10秒钟的时间内打开完毕	96.8	
	P26 提供返回首页的链接	100	

展示功能实现程度的平均百分比为83.3％。在32家省级妇联官方网站中，以天津、内蒙古和广东为代表的21

家网站的展示功能得分在均值以上，占65.6%。这说明大多数网站都较好地实现了对受众展示相关信息的功能。只有江苏（69.2%）、宁夏（61.5%）和新疆生产建设兵团（42.3%）三家网站的得分在70.0%以下，在网站最基本的展示信息功能上做得不到位。（见表2-8）

表2-8　32家妇联官方网站展示功能的实现程度

省级妇联单位	展示功能实现程度（%）	省级妇联单位	展示功能实现程度（%）
北京	92.3	湖南	92.3
天津	96.2	广东	96.2
河北	80.8	广西	84.6
山西	74.1	海南	92.3
内蒙古	96.2	重庆	96.2
辽宁	84.6	四川	76.9
吉林	84.6	贵州	84.6
黑龙江	84.6	云南	84.6
上海	92.3	西藏	76.9
江苏	69.2	陕西	92.3
浙江	73.1	甘肃	73.1
安徽	92.3	青海	88.5
福建	84.6	宁夏	61.5
江西	84.6	新疆	84.6
山东	80.8	新疆生产建设兵团	42.3
河南	80.8	均值	83.3
湖北	88.5		

（二）妇联组织官网的对话功能及其实现程度

统计显示（见表2-9），在对话功能的实现程度上，以下5个标准均达到100%：提供深入的解释与操作指南以使受众了解并知道如何理解或履行相关的法规、政策、数据和研究等（P8），以某种方式强调突出值得注意的事件（P19），提供图片或其他形式的视觉新闻（P20），提供规范的新闻稿或新闻发布会信息（P24），提供与所发布的新闻有关的背景资料及相关信息（P25）。

表2-9 妇联官方网站对话功能的整体实现程度

类目	标准	百分比（%）	均值
联系的可达性	P1 提供可点击的网站管理员的邮箱链接	22.6	18.6
	P2 具有让网民进行页面纠错的功能窗口	0	
	P3 所提供的页面纠错窗口是否具有实质功能	0	
	P4 提供可点击的地方官员的邮箱链接	51.6	
开放性	P5 提供针对不同公众（如市民、游客、企业、媒体等）的导航	0	11.3
	P6 提供多语种导航	16.1	
	P7 有针对外国访问者定制的网站信息服务	6.5	
公众对话	P8 提供深入的解释与操作指南以使受众了解并知道如何理解或履行相关的法规、政策、数据和研究等	100	39.6
	P9 提供社会服务组织的介绍或网站链接（如一些NGO组织的链接）	93.5	

续表

类目	标准	百分比（%）	均值
公众对话	P10 市民投票或参与民意调查的窗口	29.0	39.6
	P11 提供站内信息检索	71.0	
	P12 提供常设在线论坛公众对某些话题进行讨论	12.9	
	P13 提供临时性在线论坛供公众对特定话题进行讨论	12.9	
	P14 提供在线的实时互动	12.9	
	P15 提供在线的延时互动	83.9	
	P16 定期策划地方组织官员的在线访谈	6.5	
	P17 提供常见问题的解答汇总	12.9	
	P18 提供信息订阅服务	0	
媒体对话	P19 以某种方式强调突出值得注意（或具有新闻价值）的事件	100	61.6
	P20 提供图片或其他形式的视觉新闻	100	
	P21 在首页为媒体专设频道或链接	22.6	
	P22 在其他页面有为媒体专设的频道或链接	29.0	
	P23 网络新闻发布窗口或网络发言人的设置	12.9	
	P24 提供规范的新闻稿或新闻发布会信息	100	
	P25 提供与所发布的新闻有关的背景资料及相关信息	100	
	P26 提供新闻稿的检索引擎	67.7	
	P27 媒体有关当地新闻报道的汇总	22.6	

但是，以下指标的实现程度却为0，也就是说这些常见的网站应用技术还没有在妇联网站中开展起来。它们是：

没有让网民进行页面纠错的功能窗口（P2），所提供的页面纠错窗口不具有实质功能（P3），不提供针对不同公众的导航（P5），不提供信息订阅服务（P18）。

在对话维度的4个类目中，实现程度最高的是"媒体对话"（61.6%）。这是考察妇联组织官网的功能设计是否考虑到了媒体记者的信息获取需求，是否有意识利用网络媒体的特性来突出新闻价值。研究发现，所有网站都以某种方式强调突出值得注意的事件（P19），提供图片或其他形式的视觉新闻（P20），提供规范的新闻稿或新闻发布会信息（P24），提供与所发布的新闻有关的背景资料及相关信息（P25）。100%的实现程度说明妇联组织官网具有较好的新闻推介意识，能够利用新闻自身及网络媒介的特性实现与媒体对话的功能。

居于第二位的是"公众对话"指标（39.6%）。这是考察网站是否具有与受众之间的双向对话回路。从数据来看，提供深入的解释与操作指南以使受众了解并知道如何理解或履行相关的法规、政策、数据和研究等（P8）和提供社会服务组织的介绍或网站链接（P9）实现程度较高，说明网站在政策深度解读和社会平台延展方面做得比较好。在与公众互动方面，通过比较提供在线的延时互动（P15）和提供在线的实时互动（P14）的数据可以发现，妇联组织官网已基本具备了与网民进行在线互动的意识和功能设置，但仍处于从延时互动向实时互动迈进的过程。

居于最后一位的是"开放性"指标（11.3%）。此类目旨在衡量网站是否能针对不同的受众（如市民、游客、企业、媒体等）设置导航并提供具有差异化的信息服务。这一类目的均值仅为11.3%,说明妇联组织官网并不具有开放性,更多的是面向中国女性受众的信息服务。在被测试网站中,没有一家提供针对不同受众(如市民、游客、企业、媒体等)的导航,仅有5家网站设置了其他语种或字体的导航,它们分别是内蒙古妇联官网的蒙语导航,上海妇联官网的英语导航,浙江妇联官网的繁体中文导航,海南妇联官网的英语导航,四川妇联官网的繁体中文导航。仅上海和海南妇联官网针对外国访问者设置了网站信息服务。

笔者将32个网站对话功能的得分以平均分数线为界划分为两部分,高于平均分的网站有13家,低于平均分的网站有19家。其中,上海、江苏的对话功能得分最高,甘肃、宁夏、贵州和新疆生产建设兵团的得分最低。(见表2-10)

表2-10 32家妇联官方网站对话功能的实现程度(%)

各省级妇联	对话功能实现程度	各省级妇联	对话功能实现程度
北京	48.1	湖北	37.0
天津	55.6	湖南	37.0
河北	40.7	广东	51.9
山西	40.7	广西	44.4
内蒙古	44.4	海南	51.9
辽宁	37.0	重庆	44.4
吉林	40.7	四川	37.0
黑龙江	40.7	贵州	25.9
上海	74.1	云南	37.0
江苏	63.0	西藏	29.6

续表

各省级妇联	对话功能实现程度	各省级妇联	对话功能实现程度
浙江	40.7	陕西	48.1
安徽	59.3	甘肃	25.9
福建	40.7	青海	33.3
江西	48.1	宁夏	25.9
山东	40.7	新疆	44.4
河南	37.0	新疆生产建设兵团	25.9
		均值	42.2

五、提高妇联组织官方网站公众参与度的几点建议

由上所述，目前妇联组织官网在内容建设、形式设计和功能实现效果上已经有了相当程度的发展。为了更好地实现此类网站与政府媒体相称的媒介功能，我们建议从以下几方面增强网站的受众关注度和参与度。

（一）提高受众参与度的方法

1. 意见征集

意见征集是就某项特定主题在网站上开辟专栏或窗口，向公众征集意见和建议，了解公众对公共事务的看法，对政策/活动的下一步发展提供意见支持。妇联官方网站可以就近期开展的活动或上级发布的相关政策向广大受众进行意见征集，为下一步的发展提供民意依据；也可以针对网站建设的满意度在网站首页设置调查按钮，就相关问题

进行调查。民意征集可以采用网上调查的方式实施。网上调查栏目具有主题鲜明、问题明确、参与方式简单快捷及便于统计结果等优点，这不仅能使网站建设更具有吸引力，也是保证公众参与权和监督权得以实现的重要方式。

2. 公众留言

公众留言是网站上最常见、最便捷的公众参与方式之一。受众只需在网上直接填写然后发送即可，并且可以选择匿名或者署名。公众留言的内容可以包括建议、意见、咨询或者投诉等。目前大多数妇联官方网站都有公众留言功能，但因为工作人员配比有限，没有专人和专门制度去保障对公众留言的及时处理和及时反馈。但是对政务网站而言，网站运维人员能否及时处理和反馈留言人意见是这一举措的关键。

3. 在线访谈

在线访谈的优势在于可以让公众见到访谈对象本人，弥补其他公众参与方式只能通过文字进行沟通的不足。从公众角度来说，公众通过在线访谈可以面对面地得到问题的反馈，受众的参与感和成效感会大大增强。对各级妇联组织来说，在线方式能够拉近访谈人、政府部门和公众之间的距离，以获得更高的社会信任。可以说在线访谈的开展为互联网时代公众参与政务提供了更为直接的机会。

4. 公众论坛

公众论坛最大的特点就是开放性和互动性，公众可以随时登录，自由讨论各种话题。不同的论坛有不同的管理方式。一般每个论坛都会设置管理员对论坛进行监督和管理，并对精彩内容进行整理和存档。论坛讨论可以在公众之间进行,也可以在公众和各级妇联组织之间进行。论坛管理员或公众可以开辟各种专题讨论;管理员还可以就某个专题设置投票或者开展网络调查等。

(二)提高公众参与度的保障措施

1. 明确公众意见处理的责任主体

要使公众参与真正发挥效力,网站运维人员对公众参与内容需及时处理和回复。要实现这一点,关键在于明确公众意见处理的责任部门和责任人。因此,网站公众参与的相关制度首先必须明确处理公众参与内容的责任主体,包括什么样的公众留言或意见归属哪个部门负责处理等。

2. 加强公众意见处理的时限要求

公众参与要想取得较好的应用效果,网站运维人员的及时互动至关重要。与公众的互动性主要体现在交互的时间周期上:交互时间间隔越短,表明交互性越强。除了明确对公众意见处理的责任主体外,还必须明确规定对公众意见处理的时限要求,明确多少小时或者几天内必须给予回复。

3. 加强公众意见处理的过程监督

妇联组织官网对公众留言的及时处理,一方面要求工作人员思想上重视,另一方面也要有专门的监督机构进行监督。只有专人负责并且监督机制完善才能保证及时处理公众在网站上提交的各种建议意见。而这一机制在我国妇联官网中尚未建立起来。

4. 积极与其他机构和部门进行媒介联动反馈

妇联组织官网公众参与度的具体落实考验的是妇联各

部门之间及妇联与其他政府部门之间的协作机制。只有充分调动各部门的积极性，才能真正体现出妇联组织官网联系广大受众的桥梁作用，才能真正做到"以用户为中心"。

综合上述，妇联组织官方网站是政务网站中的重要组成部分。新媒体时代正在飞速发展，这类网站在传播国家性别政策、参与性别平等建设方面起着无可替代的媒介作用。增强运维人员的性别意识，把满足女性受众的媒介需求作为网站设计的首要宗旨，运用专业技术架构网站框架和细目，相信妇联组织官网会在未来妇女发展事业中扮演越来越重要的角色。

辑 三

儿童与媒介的接触已经成为继家庭教育、学校教育以及社会教育之外,对儿童人格塑造的又一重要影响因素。性别教育是现代公民培养中的重要组成部分,而儿童读物又是不可或缺的现代教育手段。近些年来,我国儿童出版产业有了长足的发展。根据北京开卷公司 2017 年 7 月的调查显示,在 12 个图书细分市场中,少儿读物的码洋占比高达 21.13%,仅次于占比最高的教辅类读物位居第二,且同比上涨趋势非常明显。本辑将在中外比较和历史比较的视野中审视当前的儿童读物出版市场,重点探讨其在性别教育这个维度上的特征与得失。

儿童绘本在欧美国家发展已逾百年,是学龄前儿童的主要阅读形式。儿童绘本在儿童的人格教育、审美教育和社会化发展中起着至关重要的作用,比文字故事更适合低龄儿童独自阅读和亲子阅读。与传统的插画艺术不同的是,绘本中的图片具有独立的故事性、连续性和艺术性,文字仅起到辅助表达的功能。这种新型的阅读形式在 20 世纪 90 年代后期进入中国市场,短短三十来年时间就形成了稳定的读者群和持续高涨的市场态势,也在很大程度上刺激了中国童书出版样态的更新和发展。

2017 年上半年京东少儿图书畅销榜前 10 名中有 7 种以

上是绘本作品。① 当当网 2015 年少儿图书销售码洋超过 27 亿元，其中图画书占 20% 以上，超过 5 亿元②。中国少年儿童新闻出版总社对全国 0—9 岁孩子的家庭进行阅读调查，结果显示有 70% 的家庭以绘本为主要阅读形式。③ 截至 2011 年，相关 18 家出版社出版了 80 多个系列近 1000 种绘本，码洋超过 6500 万元，这成为儿童读物中不可小觑的力量。

---

① 每月上榜书单略有变化。

② 孙海悦.中国应成为原创图画书大国——来自 2016 北京国际出版论坛少儿出版分论坛的声音.中国新闻出版广电报，2016-08-25.

③ 0—9 岁儿童家庭阅读现状调查分析.少年儿童研究，2011(16).

现代公民教育与原创儿童绘本中的性别规训

在庞大的儿童绘本市场中，国外引进版儿童绘本占市场份额的九成以上，其中大部分是在世界各地传播甚久的获奖经典作品。国家图书馆少儿馆作为国内最大的绘本馆，馆藏绘本三万余册，但严格意义上的国内原创绘本只有1200余册，占比4%。[①] 在各大电商平台的童书畅销榜上，能够进入榜单前列的原创绘本屈指可数，仅有接力出版社的"娃娃龙原创图画书"系列等有限的几种能引起读者的广泛注意。在内容立意、艺术创新和包装推广等方面还无法在整体上与引进版绘本进行抗衡。

实际上，面对高昂的国外版权引进成本，业界一直对我国的原创绘本多有期待，希望能从绘本的消费大国向创作大国转变。在近几年的北京图书订货会上，原创绘本是持续看涨的儿童图书市场中发展最为显著的细分品类，不少出版社都强力推出系列作品，并举办了"图画书的原创

[①] 此语出自国家图书馆少儿馆馆长王志庚在接力出版社出版的原创绘本《麻雀》一书的新书分享会上的讲话，2016-01-11，http://www.bookdao.com/article/105842/.

力"论坛等交流活动。2016年7月国内首个原创绘本大奖"张乐平绘本奖"在北京启动,北京师范大学中国图画书创作研究中心的"原创图画书年度排行榜"于2015年11月发起评选。而一直以来国际级的丰子恺儿童图画书奖(香港)和信谊图画书奖(台湾)也都为优秀的中文儿童绘本作家提供了创作交流的平台。

本文依托国家图书馆少儿馆馆藏3万余册儿童绘本资源,对其进行分层抽样和等距抽样,共得到有效样本686册。鉴于原创儿童绘本的原始资料相对分散,课题组同时实地走访了天津市图书大厦、沈阳市及南昌市多家新华书店进行地毯式搜索和阅读,并结合国家少年儿童数字图书馆和当当、京东等网络平台进行电子图书阅读。研究从性别平等这一具有国际共识性的文化视角切入样本编码、统计和文本细读,梳理我国原创儿童绘本在实践现代教育理念时表现出的性别困境和性别桎梏,探讨其在参与国际图书竞争中存在的文化特色及人文差距,以期为中国童书"走出去"战略提供性别文化层面的可行性建议。

一、现代公民教育与性别规训之间的深刻矛盾

在中国原创的童书中,跟性别有关的内容设计基本上属于规范性教育,即引导儿童认知男孩和女孩身体、气质、社会角色和行为规范等方面的不同,以防止他们在长大成人后因不符合性别规范而成为不正常的异类。比如强调男孩的担当、勇敢、冒险、自信等特质,强调女孩的善良、温顺、善解人意、细腻等特质。这种"男人应该有男

人样，女人应该有女人样"的二元思维本质上是基于人类繁衍的生殖目的，带有人类社会特定发展阶段的功利性色彩。它从文化维度为生理意义的男性和女性制定了不同的性别行为规范，要求人们严格遵守以达到人类生生不息的目的。反映在童书中即表现为性别形象的模式化呈现，如女性多从事家庭照料活动，男性多从事社会性活动；女孩多是情感沟通性故事的主角，男孩则多出现在科技和探险类故事中。

随着人类文明对社会性别的可变性和他塑性认识的加深，"生物决定论"下二元对立的性别观念已经在世界范围内被极大地动摇。人们已经意识到，生理性别差异固然存在，但其不足以成为规训个体发展样态和制约人们社会地位的决定性因素。性别其实是与宗教、种族等概念一样的人权概念，是每一个社会人在性别维度上的主体权利和发展自由。在不违反法律的前提下，一个人选择任何性别形象、性别行为和性别角色都应受到同等的尊重。

进入21世纪以来，世界上多数国家都将公民教育作为增强公民意识、培育现代公民的主要手段，其核心理念之一是引导公民具备责权分明的主体精神。简单而言，公民教育是指通过各类教育活动，使公民增强民主意识、权利与责任意识、法制意识等公民意识，增强政治参与、社会参与等公民能力，成为与民主法治国家相适应的现代公民。[①]

在这一文化背景下再来看童书的教育使命，蕴含其中

[①] 吕京.加强公民教育 培育现代公民.人民日报，2012-04-19.

的性别意识并不在于培养"像男人的男孩"和"像女人的女孩",而在于帮助孩子们打破性别桎梏,培养拥有独特人格魅力的现代公民——无论男孩还是女孩都应该被引导教育成为具有社会责任感、理性精神、独立的判断力以及开放平等心态的个体。正如优秀的女孩应该自信果敢、独立坚强,优秀的男孩也应该善于沟通、关爱他人。值得注意的是,这种包容性而非规范性的性别平等观念恰恰与我国儿童读物的消费主体——受过高等教育的年青一代父母对子女的培养预期高度一致。

从本质上讲,童书的制作水准所考验的不仅是艺术手段的创新,更是人文教育理念所达到的文明程度。作为培养现代公民的重要教育手段,媒介产品中如果没有对人的主体性的切近与体察,没有对社会存在多样性的包容与尊重,仅是鼓吹某种政治的、知识的或道德的教化和规约,作品终将难以获得独立的精神品质和长久的生命力。

而在童书中传达积极平等的性别意识,对于引导儿童形成平等的性别观念,促进其人格完善具有重要的意义。首先,平等的性别意识有助于儿童从小就更好地进行自我认识,更加全面地开掘自身的潜能做出符合个性的选择,而不是因被天然地贴上性别标签而束缚自身的发展;其次,平等的性别意识有助于儿童在成长过程中平等地处理两性关系以及其他社会关系,"没有谁天生就该怎样",对他人选择的尊重和平等地对待他人有助于社会生活中两性关系的协调发展。不仅如此,平等的性别意识还关乎整个社会的协调运作乃至整个人类的进步。诺贝尔经济学奖获得者阿玛蒂亚·森曾说,"只有承认我们生活中关系的多样性,并且作为这个世界的共同居民而理性地思维，而不是硬把人们塞入一个个狭窄的'盒子'中，也许才有可能实现当代世界的和平"①。他将"发展"视为所有人平等地扩大各种权利的过程。按照这种理解，性别平等的发展本身就意味着使更多的人获得更为公正的待遇。性别本身只是人们的一种身份，并不与每个人的行为和能力有着直接的关联。无论是男性、女性还是其他性别者，都是社会经济进步和创造文明的推动者，只有不同性别者享有相对公平的资源和平等的发展机会，才能够发挥互动作用，实现全面协调和可持续发展。

二、我国原创儿童绘本中的性别呈现

综观目前国内原创儿童绘本中呈现出的性别教育观念，其并未在整体上体现出现代公民教育中应有的主体性和包容性，仍然根植于性别二元对立的规范性教育，而非启发性、拓展性教育。比如固化男孩强壮、探索、勇敢、主动等特质，固化女孩漂亮、隐忍、奉献、被动等特质。而这种"男人应该有男人样，女人应该有女人样"的思维内部又暗含着男尊女卑的等级观念，恰与现代公民教育所倡导的民主、法制和主体性的核心目标背道而驰。

原创绘本中的主人公大致可分为人和动物两类。在性别区分上本研究统计的标准是：以"他"来指代的主人公为男性，以"她"来指代的主人公为女性；但鉴于汉语中

---

① ［印度］阿玛蒂亚·森.身份与暴力：命运的幻象.李风华，陈昌升，袁德良，译.北京：中国人民大学出版社，2014.

"他/他们"的指代内涵可能具有一定的性别多样性，若此类人物的外部性别特征不明显则归入"中性"类。据此统计得出以男性为主人公的绘本253册，以女性为主人公的绘本158册，以两性共同作为主人公的绘本41册，以中性为主人公的绘本183册。①从数量上来看，原创绘本中主人公的男女性别比为147.73（女性为100），这一数字远远高于我国2016年的总人口性别比104.98（女性为100）。也就是说，原创绘本更倾向于使用男性形象作为主导故事发展的表现主体，即使在现实社会生活中男性并不占据绝对的数量优势。

（一）社会角色与家庭角色设置中的性别盲区

首先来看原创绘本如何呈现公共领域中的两性职业状况。统计中男性人物涉及11种职业，有警察、司机、科学家、公司职员、工程师等，多属于技术密集型职业；而女性人物涉及的职业仅有5种，有教师、护士、售货员、动物管理员、美容师，多属于服务密集型职业。特别是在表现母亲和父亲角色时，其职业状况的处理方式有着明显的区别。统计中仅有3次暗示了母亲是有社会职业的，但具体职业状况不详；而几乎所有父亲形象的职业状况都或多或少有所表现，即便不明示，也会通过人物对话或场景、服饰和道具暗示出来。

实际上，根据2011年全国妇联和国家统计局公布的

---

① 686册样本中另有51册为以知识介绍为主，不具备人格化的主人公，不计入统计。

《第三期中国妇女社会地位调查主要数据报告》显示，我国 18—64 岁女性的在业率为 71.1%，女性在第一、二、三产业的比重分别为 45.3%、14.5% 和 40.2%。而美国国家统计局公布的世界各国劳动参与率数据显示，中国女性的劳动参与率（70%）位居世界第一，远高于世界平均水平（53%）。由此可见，原创绘本在表现成年男女的职业状况时存在着较为明显的性别盲区：无论是职业参与程度还是职业参与种类，原创绘本都没有很好地反映当前中国社会的真实情况，这很有可能误导儿童偏狭地看待自身和他人的未来职业发展。

其次看原创绘本如何呈现私人领域中的家庭角色。家庭角色一般以父亲和母亲为主。统计中我们发现，母亲角色出现的次数约为父亲的 1.86 倍，这与低龄儿童的居家照顾者多为女性不无关系。耐人寻味的是绘本如何呈现父亲和母亲角色的家庭分工。母亲角色的职责范围主要在于照顾儿童的起居生活、料理家务、陪伴玩耍、养成生活 / 学习习惯等，其中绝大部分与养育活动有关。尽管父亲角色出现的次数远低于母亲，但其家庭功能却十分集中，即以知识启蒙活动为主。父亲更倾向于带孩子亲近大自然，探索未知的世界。比如绘本《我有一个小小的家：漂亮的贝壳从哪儿来》（华夏出版社，2011）中，小男孩和爸爸妈妈一起去海滩玩耍。当小男孩捡到贝壳时，父亲开始给他讲解各种海洋知识，而母亲则用贝壳来做美容和手工。

受生产力发展水平的制约，人类社会曾经在很长时期内采用男主外、女主内的性别分工模式，目前我国原创绘本仍然沿袭了这一模式。实际上，随着生产方式从体力型向科技型的转变以及女性受教育程度、社会地位的提高，社会劳动、家庭劳动与性别角色之间的刻板联系早已被打破，两性得以有机会根据个人的发展意愿选择居家或外出工作。课题组前期对欧美儿童绘本的调查显示，儿童的养育和教育责任多数是由父母二人分担完成的，在劳动性质和劳动量上不分主次。[1]不论是身体养育还是知识传授，都可见父母双方的身影。另据统计，性别发展指数越高的国家[2]，全职父亲的比例也越高。这就意味着越是在性别趋向平等的社会文化中，两性越有可能根据家庭需要和个人意愿而非舆论和经济压力来选择处理家庭事务的方式。而在这一点上，中国原创儿童绘本的滞后性体现得非常明显。

（二）绘本主题和场景设置中的性别比附现象

绘本作者的人文理念不仅体现在情节和角色的显性设计上，同时也隐蔽地编织在文本的机理之中，体现出作者的集体无意识。本研究将原创绘本的主题大致分为生活／学习习惯培养、品德／价值观培养、社交能力培养、科学知识学习等几类。应该说这些议题都是现代公民教育中的重要维度，在受教对象上本不应有性别上的区隔对待。但在实证调查中我们发现，选择哪种性别的孩子来实践何种教育主题，原创绘本的作者其实是有所考量和侧重的。而这种有意无意的性别比附现象背后是对男孩和女孩不同的

---

[1] 陈宁.美国儿童绘本出版中的性别理念研究——兼论国内儿童读物中性别教育的缺失.出版科学，2016（5）.

[2] 联合国开发计划署（UNDP）每年发布《人类发展报告》，性别发展指数是其中的重要参数。2014年中国排名世界第37名。

教育预期。

统计发现，男性主人公比较集中地出现在"科学知识学习"主题中，人数高达此类主题中女性主人公的6.5倍。书中的男孩子们带着强烈的好奇心探索未知世界，通过向家长和老师请教以获得各种新知。比如《大脑探险记》（河北少年儿童出版社，2015）中的小男孩通过进入大脑历险的经历认识了大脑的基本构造及功能。男性主人公还较多出现在"社交能力培养"主题中，人数是此类主题中女性主人公的3.2倍。这一主题重在培养孩子控制情绪、合作解决问题的能力。从这两种主题侧重可以看出，原创绘本作者更多地将主动性的"自我建设"的能力赋予男孩，他们被鼓励参与那些能积极探索、掌控和改造世界的活动。

相比之下，女性主人公则集中出现在"生活/学习习惯培养"和"品德/价值观培养"主题中，她们更多地被鼓励发展被动性的获取"他人肯定"的能力。这类主题重在向孩子强调生活/学习规则的重要性，强调生命、友情和亲情的价值等。书中的女孩通过践行做家务、孝敬长辈、爱护小动物、关爱别人等行为得到他人的认可和赞赏，从而确立自我价值。这是一种对既有世界规则的迎合性行为而非创造性行为。从积极进行自我建设到消极谋求他人肯定，从掌控世界到迎合世界，儿童绘本对男孩和女孩的教育预期大相径庭。

同样的性别区隔对待也体现在绘本场景的设置上。男孩更多地出现在探索性、求知性场景中，而女孩则更多地出现在人际维护、家务劳动等场景中。在《中国幼儿百科全书·我的玩具》（中国大百科全书出版社，2013）一书里，孩子们玩电动玩具的场景一共出现 13 个小朋友，男女比例为 10∶3。而该书在过家家场景中一共出现 12 个小朋友，男女比例却为 1∶2。

"生物决定论"曾在很长历史时期内影响着人们对性别特征的认知，即认为两性特定的气质、行为方式、社会角色等都是由生物性因素决定的，是不可改变的"天性"。但是随着现代社会学、心理学和医学等实证科学的发展，特别是女性主义理论和实践的勃兴，"生物决定论"的虚伪性逐渐暴露出来。它极大地遮蔽了塑造两性特征和地位的政治、经济和文化语境及其背后隐藏的性别权力机制。从上述统计分析中就可以看出，原创绘本作为儿童较早接触的大众媒介，在其文本的各个层面都体现出作者对儿童进行性别形塑并使之等级化的意图。

（三）原创绘本中二元对立的性别气质

性别气质是最能直观体现社会政治、经济和文化变迁对性别影响的风向标。新世纪以来，随着女性地位的提高和消费文化的兴起，中国大众传媒中的两性气质发生了很大变化。以李宇春为代表的"中性"之美让传统意义上阴柔谦恭的女性气质中平添了许多果敢、帅气和自信的元素；而 TFBOYS、鹿晗等男明星的火爆也说明了受众对妆容精美、气场温和的男性气质的接受度越来越高。这种转变并非简单的男女气质的相互调转，而是媒介文化更加关注一个人身上是否凝聚了积极的、多样态的精神价值和经济价值，这时二元对立的性别气质反而变得不那么重要了。在广受中国小读者欢迎的引进版儿童绘本中，勇敢拯救王子的小公主和不爱格斗只爱闻花的小公牛都曾引起过强烈反响并成为经典之作。①

反观我国原创的儿童绘本，尽管偶见突破，但在整体上对孩子性别气质的引导并没有溢出封建社会男女有别的性别想象和行为规范——女孩子应有美丽、谦恭、温婉、宁静等气质；男孩子应有强壮、顽皮、勇敢、主动等气质。像绘本《吵吵闹闹先生和安安静静小姐》（海燕出版社，2016），本意是教导孩子们在生活中学会求同存异、和谐共处。这样一个看似谋求开放包容的话题却仍然沿用男孩子来表现吵闹，女孩子来表现安静。在"我的日记"系列绘本（中国少年儿童出版社，2015）中，各种昆虫以拟人的方式介绍自己的习性，瓢虫和蜜蜂等昆虫被比拟成爱美胆小的女性形象，螳螂和屎壳郎等昆虫则被比拟成力大好战的男性形象。像"红袋鼠故事会"系列绘本（中国少年儿童新闻出版总社，2012）在处理乐乐公主形象时，干脆直接地教导女孩子要干干净净，要保持苗条完美的身材，要少食多餐……

性别气质的模式化教育是与特定时代的生产力发展水平分不开的。当今的社会劳动日益去体力化，以知识、创新、体验、服务等为重心的经济模式逐步占据主导地位，这使得强大/弱小、阳刚/阴柔、主动/被动等概念的性别指向发生了巨大变化，其与性别之间的纽带关系也在很大程度上被打破。中国社科院从事儿童与传播研究的学者卜

---

① 陈宁.儿童绘本中性别教育理念的突破——兼论对中国童书出版的启示.出版发行研究，2012（5）.

卫指出:"对男孩强调勇敢进取,对女孩强调文静温柔的教育,必定大大限制儿童的活动能力和自我发展,扩大性别不平等。儿童的一切发展应该取决于他们的潜质、能力和兴趣,而不是他们的性别。"①

三、我国原创儿童绘本中性别理念的新变化

不可否认的是,近些年来随着原创绘本数量的增加和整体水平的提升,绘本创作中的人文理念更加具有时代感。一些作者在性别元素的处理上开始体现出性别平等意识。

(一)弱化性别壁垒 关注共同成长

在本研究抽取的 686 册样本中,有 183 册的主人公并无明显的性别特征,读者很难从人物的外貌和行为举止上分辨出是男孩还是女孩。这类绘本不强化特定形象、主题、行为等与性别之间的关联,而是引导小读者去体会和学习那些带有普遍意义的情感、知识和道理。囊括欧美 8 项绘本大奖,有着"2016 年现象级原创绘本"之称的《独生小孩》(中信出版社,2016)当是其中的代表之作。该绘本的创作灵感来自作者郭婧童年的一段记忆和想象,讲述了一个独生小孩迷路、迷失、迷惘,最终找到回家之路的故事,成功表达了一代中国人的心理特质和悲欢之情。全书不着一字,小主人公留着中等长度的头发,穿着纯色的衣服与裤子,看不出人物性别。在他/她身上既有淘气、好奇的

---

① 卜卫.大众传媒中的性别成见.光明日报,2000-07-06(B01).

性格，又富有爱心，纯真善良。这个超越了性别的故事也获得了2015年《纽约时报》十佳儿童绘本奖。

统计显示，2015年以来，这类弱化性别壁垒的原创绘本呈现上升趋势。"发现与培养儿童职业启蒙绘本"系列（中国书籍出版社，2015）中，小动物们扮演的各种职业只强调职业需求和特性，而不再强调性别与职业之间的关联。在"108只小海龟"丛书（海豚出版社，2016）、"快乐小猪波波飞"系列绘本（中国少年儿童出版社，2013）中，小读者会在第一时间被妙趣横生的故事情节吸引，但很难分辨出小动物们是雌性还是雄性。

（二）爱淘气的女孩子和会害怕的男子汉

原创绘本的另一个突破在于赋予孩子们更多探索外部世界和内心世界的自由与空间：女孩子也可以淘气活泼、勇于冒险而不必担心受到责罚，男孩子也可以直面自己的胆怯、自卑、害羞而不必内疚。统计中我们发现，尽管原创绘本中女性主人公的绝对数量少于男性，但近些年一个可喜的变化是，女性主人公呈现明显的递增趋势。2011年原创绘本中男女主人公的比例是7∶2，到了2015年，这一比例已经下降到1∶1。2014年甚至出现过女性主人公数量反超男性的情况。

在丰子恺大奖首奖作家林小杯的绘本《非非和她的小本子：我就是非非》（北京联合出版公司，2016）中，女主人公非非顽皮聪颖、喜欢说"我非……不可"。当她喜欢上剪刀时，爸爸的报纸、妈妈的布匹、妹妹的头发都成了她创作的园地，活脱脱一个淘气包。"小文"系列绘本

(二十一世纪出版社,2012)的女主人公小文也对世界充满好奇,爬树、挑水、走夜路……处处不比男孩差。一个暑假的时间就把又高又壮的表哥"欺负"得团团转。面对邻居们称小文为"疯丫头"的闲言碎语,小文父母却给予了她相当多的宽容与理解。

这种性别气质的多样态释放同样可以体现在男孩子身上。著名儿童文学作家梅子涵在绘本《骑小狗的大香蕉》(江苏少年儿童出版社,2013)中就很好地诠释了这一问题。当两个小女孩小梅子和林琳在讨论害不害怕小狗时,小男孩"大香蕉"嘲笑说"小姑娘怕小狗"。小梅子立刻争辩道,"不是小姑娘怕小狗,是林琳怕,我可不怕"。作者以清晰的性别意识肯定了胆小在个体身上的合理性,但剥离了它与女性之间的群体性关联。随后的故事情节更有意味,小梅子送给"大香蕉"一只小蚂蚁,吓得"大香蕉"哭了起来——原来勇敢的男孩也可以有恐惧和胆小的时刻。"小四宝·幸福成长"系列绘本(新世纪出版社,2014)以男孩小四宝为主人公,引导小读者认识和管理自己的各种情绪。书中不仅允许和理解男孩子可以有害羞、害怕、嫉妒、生气等负面情绪,而且教给孩子疏通和控制负面情绪的方法。台湾男性文化研究者蓝怀恩曾指出,"男人不太会去观照自己的内心感觉,也不大有机会碰触到生命本身的内在渴望,所以男人在沟通中很难彻底地表达自己的内心,他们从小就没有学习和准备过,因为被灌输的是怎么学会坚强"[①]。相信这些原创绘本的人文关怀精神和性别关怀意识会

---

① 李炳青.蓝怀恩和她的"男性关怀".中国妇女报,2003-09-30.

在一定程度上弥补这种性别刻板教育带给孩子们的束缚和伤害。

四、性别教育理念的突破对中国童书出版的意义

性别平等精神只是现代公民教育中的一个重要维度。如何引导儿童成为具有社会责任感、理性精神、独立判断力以及开放平等心态的公民是现代教育理念的整体性转变。在当今竞争激烈的儿童出版市场，教育观念的更新是让儿童读物畅销且常销的文化内核。在我国综合国力日渐强盛的今天，任何仅以知识灌输和道德教化为目的的儿童读物最终都不能适应国际人才培养的需求。如何引导儿童成为有独立思考能力、包容且开放的人正是新世纪教育理念的重大转变。目前我国性别教育虽然已经在出版领域做了很多尝试，但现有的儿童读物仍多以传播性知识和强化传统性别行为规范为主旨，编撰者还没有完全认识到性别束缚在儿童人格及行为培养上的弊害。现代性别教育的最终目的不是让儿童发展成模式化的男人或女人，而是发展成为一个有着独特个性魅力的人：独立自主的人格、平等自由的生活态度才是现代公民应有的特征。在"回归儿童本位"已经成为童书出版共识的今天，如何打破性别规约、为孩子提供多元、自由的想象空间和成长可能，也是出版人应该反思的重要题旨。

引进版儿童绘本中的性别新景观

在我国广受欢迎的儿童绘本中,引进版绘本约占市场份额的90%,大部分是国外传播甚久的经典作品及获奖作品。[①]这些绘本用多年的市场积淀带给我国出版业丰厚的经济回报,更以卓越的人文理念和审美力量为我国原创绘本的发展提供了借鉴。本文即以近年来在中国市场畅销的引进版绘本为研究对象,分析其在性别教育观念上的特征和可借鉴之处。

一、穿纸袋的公主和爱花的公牛——儿童绘本中性别气质的突破

在中国原创童书中,男孩和女孩的外在形象和性别气质一般都有着分明的文化规约——女孩端庄整洁,身着花色裙装,宁静谦恭;男孩则顽皮活泼勇于探索,冷色裤装透出宽大随意。这是特定历史阶段的社会语境对儿童的文化想象,它试图将孩子纳入既定的性别文化轨道。在引进版儿童绘本中,这种"男女有别"的性别形象不再是唯一

---

① 全球儿童图画书著名的三大奖项有国际安徒生奖、欧美凯迪克奖、英国凯特·格林纳威奖。

模式，丰富的个体差异得到了被言说的可能。

一些不修边幅甚至中性化的女孩形象大放异彩。与经典童话中拥有美丽容貌、衣着华丽的小公主迥然不同，芭贝·柯尔笔下的顽皮公主[①]最喜欢穿牛仔背带裤，头发乱蓬蓬地自然生长。她把裤腿高高挽起，穿着平底鞋或沾着泥巴的工作靴，完全不把公主的端庄形象当回事。就是这个突破常规的小公主一举获得英国绘本最高奖——格林纳威大奖，并得到包括英国王室安妮公主在内的社会各界的喜爱。另一位公主干脆捡了一个破纸袋穿上前去征服火龙，成为著名的"纸袋公主"。[②] 与外在形象相比，更深刻的变化在于小女孩内在气质的突破——女孩应该温良恭顺，男孩应该勇猛冒险的性别观念遭到挑战。"顽皮公主"系列绘本的最大魅力就是展现小公主特立独行、无拘无束的性情：她擅长养喷火龙等奇怪的宠物，喜欢骑摩托车越野，经常把自己和周围弄得脏兮兮，赫然在城堡之间拉起绳子晾晒内衣，尤其不喜欢做饭……故事旨在说明，女孩不一定天生"蕙质兰心"，她们拥有选择独特生活方式的自由。

曾获 2000 年欧美凯迪克银奖的"菲菲"[③]也不是一个隐忍内敛、含蓄安静的女孩。当玩具被抢之后，这个穿着蓝色背带裤而非粉色小裙子的姑娘率直地表达了自己的怒不

[①] ［英］芭贝·柯尔.顽皮公主万万岁.漪然，译.海口：南海出版公司，2011.

[②] ［加］罗伯特·蒙施文，迈克尔·马钦科图.纸袋公主.兔子波西，译.石家庄：河北教育出版社，2009.

[③] ［美］莫莉·卞.菲菲生气了——非常、非常的生气.李坤珊，译.石家庄：河北教育出版社，2009.

可遏：她夸张地口吐火焰、大声喊叫以至于面孔扭曲，看不出半点女孩的样子。当个人利益被侵犯时，女孩也可以直接表达内心的愤怒，并不需要刻意地压抑和伪装。当然，作者并没有让她化解矛盾的方法陷入以怨报怨的狭隘境地。菲菲依靠大自然开阔而包容的力量进行自我疏解，最终又回到温暖的家里。作者既肯定了女孩表达负面情绪的权利，又告诉她们化解情绪的方法，这在儿童性别教育上真可谓高妙。

与之相对，性别气质的突破也表现在对小男孩形象的塑造上。西班牙有一头叫费迪南的小公牛，虽然它体形健硕，但却不像其他公牛那样爱跑爱跳。[①]它只喜欢在栎树下静静地坐着，闻闻花香。它一直用庞大雄健的身躯优雅地低着头闻着小花，画面形成视觉上强烈的反差效果。但作者却让这种反差坦然地沉浸在温柔静谧的气氛中，带给孩子们强烈的内心平衡感。公牛费迪南也由此完成了它在性别气质上的身份认同。小公牛的母亲在稳定这种平衡感上起到了重要的作用。它对这个与众不同甚至有点离经叛道的儿子给予了相当的理解和尊重。与之相比，中国一些儿童读物经常强调儿童对父母教导的遵从，像这种尊重和理解儿童主体性选择的家长形象还不多见。

---

① [美]曼罗·里夫文，罗伯特·劳森图.爱花的牛.孙敏，译.南昌：二十一世纪出版社，2008.

二、智慧公主拯救愚蠢王子——儿童绘本中两性关系的颠覆

是不是所有的公主都要等待被王子拯救？是不是所有的公主最终都要和王子"幸福地生活在一起"？这些问题的答案在儿童绘本中并不是唯一的。公主可以运用智慧拯救王子，也可以选择或不选择王子作为自己的生活伴侣。这一次，一切由公主说了算。

依莉莎在即将和王子结婚的时候遭遇了火龙的袭击。① 火龙把王子掠走了，还把城堡烧得一干二净。依莉莎穿上一个破纸袋前去追赶，用智慧打败了火龙并救出王子。绘本特别突出表现了女孩拥有超越男孩的聪慧和勇敢。最有意味的是，被救的王子竟然傲慢地嫌弃纸袋公主衣冠不整，公主见状大骂他没用，然后快乐地弃他而去——公主根本不需要王子恩赐给她"幸福的生活"！另一位小公主干脆连共同生活的机会都没有给王子，她就是不想嫁人，只想养着宠物过独身的快乐生活。② 面对前来求亲的各位王子，她利用自己的各种特长百般刁难，蠢笨的王子们都灰溜溜地跑了。至此，全书像长长舒了一口气般写下最后一句话："从此，公主就过上了幸福快乐的生活。"

在传统童话故事中，女主人公在两性关系中总是居于被动、顺从和无知的位置。她们处处遭遇危险但只能等待

---

① [加]罗伯特·蒙施文，迈克尔·马钦科图.纸袋公主.兔子波西，译.石家庄：河北教育出版社，2009.

② [英]芭贝·柯尔.顽皮公主不出嫁.漪然，译.海口：南海出版公司，2011.

智慧的男性来拯救自己。灰姑娘靠偶然遗落的水晶鞋引来王子的关注，白雪公主无知地吃下毒苹果需要被王子吻醒，拇指姑娘尽管不愿嫁给鼹鼠还是"边哭边准备嫁衣"……但是在当下的儿童绘本中，女主人公从被动等待变成了主动出击。她们掌握着两性关系的主动权，有着超越男性的智慧和勇气，明确自己想要的生活并执着追求，可以掌控他人乃至国家的命运。传统文化曾经赋予男性的权利都可以在女主人公身上找到归宿。与之相反，这些儿童绘本中的男性人物则被置于从属地位，甚至被平面化、脸谱化。殊不知，那个精灵古怪的顽皮公主不仅自己强势，她还有一个体形健硕、说一不二的女王辣妈。而她的亲王老爸在书中则被处理成沉默、蠢笨、年迈、远景化的样子，丝毫不能影响故事的任何进程。

三、独善其身的花婆婆——彰显女性自足自立的生活追求

在对女孩的性别教育中，结婚和生子是两个重要的议题，妻性和母性往往被神化为与生俱来的女性本能灌输给女童。它演绎出斑驳的关于性别归宿的故事，填充了多少女孩的童年憧憬，又让多少成年女性因不能实现这种"本能"而懊恼自责。但是在儿童绘本中，我们却看到女性充满个性化的自由的生活选择得到了相当的尊重。

芭芭拉·库尼的名作《花婆婆》① 很具有代表性，它讲

---

① ［美］芭芭拉·库尼.花婆婆.方素珍，译.石家庄：河北教育出版社，2007.

述了一个女人独立、宁静而自信的一生。书中没有婚姻，没有生育，更没有因不曾结婚和生育而产生的性别焦虑。花婆婆一个人周游世界，广泛结交好友，并且一直想做一件让世界变得更美丽的事。最终，她让自己居住的小镇开满鲁冰花，艳丽的花朵温暖着每一个人。从年轻到年老，花婆婆的社会角色几经变化，但她始终是一个有梦想有担当，自食其力的独立女性。妻职和母职并不是评价女性人生价值的唯一标准，她可以只为自己活出积极、充实而有意义的一生。在书中，这位个子小小的女子一直微微昂着头，露出淡定祥和的微笑。即便是躺在病床上，她也抬头望向窗外微笑。

还记得那个穿着纸袋打败火龙的公主吗？绘本的最后一页是她小小的背影。在太阳的光芒中，她蓬着头发，衣衫褴褛，却手舞足蹈欢呼雀跃，完全没有离开王子后失落哀怨的情绪。这似乎是在提示女孩子们，离开不值得爱的王子，她们依然可以拥有属于自己的快乐生活。

除了肯定单身作为女性人生选择的正常性和合理性，一些儿童绘本还鼓励女孩去实现任何自己喜欢的梦想，哪怕在世俗的眼光中它原本属于男孩。在获得德国绘本大奖的《莎娜想要演马戏》[①]中，小女孩莎娜有个奇特的理想——到马戏团扮演小丑！她为之反复练习，甚至追随马戏团离家出走一天。这个女孩既渴望被更多的人欢迎，又懂得躲避危险自我保护；既能看清自己的弱项与强项，又

---

① ［德］古德荣·梅布斯文，昆特·布霍茨绘.莎娜想要演马戏.王星，译.海口：南海出版社，2010.

努力在挫折中做好一点；既大胆说出想法，又知道妥协与合作；既有冒险的勇气，又体谅父母的担心，知道什么时候该回家……作者的笔墨显然没有放在描摹女孩应该是什么样的刻板印象上，而是引导小读者去体验实现梦想的波折和喜悦。梦想不分男女，努力的过程最为重要。好的儿童绘本可以引领孩子去完善人格、丰富生活，而不仅仅使其更像一个小男孩或小女孩。

四、快乐的红沙发——儿童绘本中的单亲父母形象

在中国特定的文化语境中，给孩子呈现一个父母双全、相亲相爱、其乐融融的家庭氛围似乎是出版人的不二选择。"围裙妈妈"加"事业爸爸"的完整型家庭组合在中国儿童出版物中最为常见。但在现实层面，单亲家庭是很多人面临的生活境遇。如何为孩子诠释这种成人的选择结果？在引进版儿童绘本中，单亲生活不仅不是避之唯恐不及的话题，甚至没有一般想象中的困苦、争吵和哀怨。一种温和乐观的氛围成为这类绘本的基调——单身父母努力创造生活的积极态度、与周围人亲密互助的和谐关系、与儿女间甜蜜风趣的日常场景才是作者要表达的重点。这向孩子们传递出这样的信息：单亲家庭虽然有着特殊的困难，但同样是一个正常的值得去爱的社会细胞。而单身父亲或母亲因为承担了传统意义上父职和母职的双重角色，他们与严父慈母比起来其内涵更为丰富、饱满而灵动。

曾获欧美凯迪克银奖的《妈妈的红沙发》[1]讲述了一个只有三代女性（外婆、妈妈和我）的家庭自强不息的故事。妈妈在一个小餐厅当服务员，外婆操持家务，我放学后常到妈妈的餐厅打工。这个经济并不富裕的家庭还经历了一场浩劫——大火烧掉了所有家当。然而，看似苦难的故事却用快乐而充满希望的笔调表现出来。她们的房间摆设简单却色彩明快——红白相间的窗帘，有玫瑰花的红色沙发——全书有90%的画面都使用了浓烈的红、橙等暖色；她们有操劳但没有怨气，家里时常有歌声回荡，每个人的脸上都挂着微笑；她们很拮据但总有希望。面对烧焦的房间，年迈的外婆说："幸好我们还年轻，可以从头开始。"她们自强独立，但也能坦然接受亲朋好友的馈赠并心怀感念，一段"母系家族"奋斗史并不显得孤独而桀骜。这种艰难与希望、操劳与快乐、自强与互助的和谐统一在不少表现单亲家庭的绘本中都有体现，带给儿童一种昂扬向上的精神感召。像表现战争中平民生活的《安娜的新大衣》[2]《凯琪的包裹》[3]等绘本，残垣断壁、物资匮乏都没有击溃母女俩生活的勇气，她们反而将快乐和有限的物资分享给周围人，创造出其乐融融的战时温暖。

相比大量表现单身职业妈妈的绘本而言，单身爸爸的形象更显得弥足珍贵。位列当当网2010年少儿图书销售榜

---

① ［美］薇拉·威廉斯.妈妈的红沙发.柯倩华，译.石家庄：河北教育出版社，2007.

② ［美］哈丽雅特·齐费尔，安妮塔·洛贝尔绘.安娜的新大衣.余治莹，译.石家庄：河北教育出版社，2008.

③ ［美］坎达丝·弗莱明文，斯泰西·德雷森·麦奎因图.凯琪的包裹.刘清彦，译.石家庄：河北教育出版社，2008.

第 5 名的《小熊和最好的爸爸》[1]系列绘本是其中的优秀作品。熊爸爸独自带着小熊做游戏、做美食、学生活，这个父亲形象融智慧与慈爱、豁达与细腻、严格与趣味于一身，突破了以往绘本中父亲形象专注于自身事业和孩子的意志教育，鲜有涉及儿童生活教育的壁垒。应该说在国际童书的舞台上，越来越多的父亲形象正在从社会生活走进家庭生活。私人领域的活动被视为男性应当承担的义务和可以享有的权利。这一理念在国内儿童图书中尚不多见。

综上所述，引进版绘本中的性别观点给中国童书出版带来了全新的视角。自从国家倡导走出去战略以来，让中国童书走出国门，走进非汉语地区，成为不少出版社的年度策划之一。而性别教育理念的更新正为中国童书的国际化提供了可能。传媒产品的国际接轨既需要保持相当的民族特色，同时也应体现出世界共通的人文关怀精神。中国童书要想在世界图书之林占有一席之地，先进而非僵化的性别教育理念不容忽视。如若能在内容表达、主题展现以及视听语言运用等诸多方面注意到不同性别群体的处境、利益和权力关系等，甚至采取措施和行动来增进性别平等，那么这种传达积极价值观的作品必然能够被世界范围内的更多观众接受。反之，倘若中国童书无法摆脱因性别问题而带上的"有色眼镜"，不断地流露出明显的性别二元对立、男女有别甚至男尊女卑的落后思想，那么这必然会成为"走出去"道路上的绊脚石。我们期待有更多中国原创绘本也能带给儿童如此开阔的性别景观。

---

[1] ［荷］阿兰德·丹姆文，亚历克斯·沃尔夫图.小熊和最好的爸爸.漆仰平，爱桐，译.贵阳：贵州人民出版社，2007.

国际视野中的儿童绘本与性别教育

本文依托美国威斯康星州府麦迪逊市公共图书馆的馆藏资源对欧美原版绘本进行抽样,亦从性别理念这一文化角度对样本进行编码统计和文本细读,力图从全球宏观视野整体上把握儿童绘本中性别教育的发展现状,为国内童书发展提供更加国际化的人文视野。通过对麦迪逊市公共图书馆系统内全部6万余册儿童绘本进行分层抽样和等距抽样,共得到有效样本1032册。研究发现,性别平等意识是欧美儿童绘本创作的基础性人文理念之一。本文将从两性人物的呈现频度、角色分工、人格培养等方面加以比较分析。

一、男女两性人物的媒介呈现比例基本相同

在自然状态下,人类社会中成年男女的性别比例大致为1∶1。但是在很长一段历史时期内受男权思想的影响,大众传媒对两性形象的呈现频度都处于失衡的状态。1979年欧美公民权利委员会曾经出具过一份《女性媒介报告》,报告显示,如果一个人仅仅依靠电视媒介来认识欧美女性的话,那么他会以为女性人口只占欧美人口的27.7%,她

们中的一半还是十几岁到二十几岁的青少年。也就是说，男性形象曾经是大众传媒表现的主体。随着社会文明的进步，特别是人权意识日渐清晰，这种性别表现失衡的现象已经有了很大改观。时至今日在欧美出版的儿童绘本中，均衡表现男女两性在社会生活各个层面的状态和贡献已经成为一种明确的、基础性的创作意识。笔者对1032个样本中的男女主人公及男女配角进行统计，观察其在不同生活场景中的呈现频度。(见图3-1、图3-2)

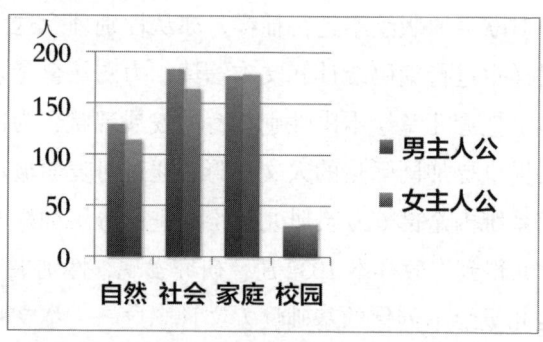

图3-1 欧美儿童绘本中男女主人公的出现频度[①]

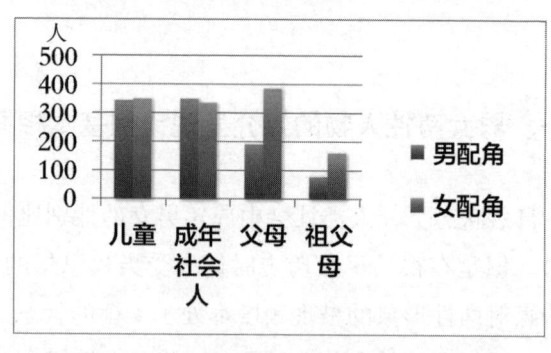

图3-2 欧美儿童绘本中男女配角的出现频度

---

① 有少量无明显性别特征的主人公，如以"它"相称的小动物或怪兽，未计入统计范围。

统计结果显示,作为绘本故事的主人公,不管是儿童、父母还是其他两性成年人,他们出现在各类生活场景中的频度是基本相同的。其中差异最大的是社会生活中的男性主人公多于女性主人公,但也仅多出10.32%。这说明欧美儿童绘本力图为孩子们呈现一个男女比例基本均衡的世界。孩子们可以在阅读中直观地感受到不管是哪一类生活场景——大自然、社会生活还是家庭生活——男性和女性都可以是其中的主角,都可以主导自己的故事向前发展。

与此同时,配角形象构成了绘本故事重要的人文社会背景,也更能体现作者潜在的性别意识。在配角的呈现频度统计中,男孩和女孩、男女社会人出现的频度分别接近1:1,即有男孩出现的地方一定有女孩出现,有成年男性出现的地方一定有成年女性出现,且数目基本相当。这无形中让小读者认识到,这是一个由不同性别的人组成的世界,他们在社会生活中扮演同样重要的角色。配角中出现频度差异较大的类别是父母和祖父母。结果显示母亲和祖母的出现频度要高于父亲和祖父。这与故事配角主要负责倾听、安抚的功能有关,也折射出现实生活中儿童的照料工作仍然主要依靠女性来完成。

二、社会角色和家庭角色中的性别模式被打破

受生产力发展水平的制约,人类社会曾经在很长时期内沿袭了封建社会男主外女主内的性别角色分工。近代以来,随着生产方式从体力型向科技型的转变以及女性受教育程度的提高,社会劳动、家庭劳动与性别角色之间的紧

密联系被打破，两性得以有机会根据个人的发展意愿选择居家或外出工作。这是一个双向解放的过程。女性是否能获得均等教育、参政和就业机会已经成为衡量一个国家发展水平的重要参数。[1] 同时男性从事家庭劳动也得到了大众舆论甚至行业规则的支持。[2] 在中国，这种性别分工的转变早已是社会生活中的常见现象，但遗憾的是，在原创儿童读物中，"围裙妈妈"加"工作爸爸"的家庭组合仍然一统天下，这不得不说是我国童书中性别发展观念的严重滞后。我们来看欧美儿童绘本中的性别角色呈现。

（一）男女两性的身影共同存在于各种工作领域

孩子们从欧美绘本中很容易体察到社会工作没有性别疆界，只要兴趣所致，一切皆有可能。女性可以做警察、消防员或建筑工人，男性同样可以以幼儿园、小学教师或护士、售货员的形象出现。比如《建筑物》（Construction）[3] 是一本科普类绘本，为孩子们介绍一栋大厦是如何建成的工艺流程。在这样一种与性别话题没有直接关系的图书中，作者也很注意男女两性的均衡呈现——在每一个画面中都有女

---

[1] 联合国开发计划署（UNDP）每年发布《人类发展报告》，性别发展指数是其中的重要参数。2014年中国排名世界第37名。

[2] 在很多国家，男性的育儿假已经成为一项正当的员工权利。比如2010年日本政府制定了《育婴及家庭照料休假法》，雇主必须允许家有3岁以下幼儿的男性雇员工作日上班6小时。在某些情况下，为人父者可免于加班。日本厚生劳动省发言人山口正幸说，这些措施旨在帮助父亲们在工作和生活间实现平衡。

[3] Sally Sutton & Brian Lovelock. Construction. Candlewick Press, 2014.

性建筑工人出现,她们从事的工种和男性建筑工人并无二致。《麦克·马力甘和他的蒸汽挖土机》(*Mike Mullican and His Steam Shovel*)①讲述了麦克和他的挖土机在建筑行业的传奇经历:一开始神勇善战打地基一绝、后因技术落后被时代淘汰,最终又找到适宜的位置造福社会。有趣的是,故事中被拟人化的挖土机孔武有力、打地基的速度令人吃惊、和司机麦克合作默契,而"它",竟然是一位女士!

(二)父母在家庭生活中是分工合作的伙伴关系

欧美儿童绘本中不管是对衣食住行的管理还是婴幼儿养育的责任都是由父母二人分担完成的,在家务分类和工作量上不分主次。比如《这是小宝宝》(*Here is the Baby*)②一书讲述了一个小婴儿快乐的一天。笔者发现,照料宝宝这一天的生活是由父母二人交替进行的,甚至父亲承担的比重更大一些。早上起床后妈妈给宝宝换尿布,爸爸照顾宝宝吃早饭。妈妈送大女儿上学然后自己去上班,爸爸带着宝宝开始了一天的生活:他们去图书馆,去公园,去大街上认识这大千世界……晚上妈妈做好晚饭等着父子俩回家。妈妈给宝宝洗澡,爸爸给宝宝讲故事。妈妈哄宝宝睡觉……宝宝的一天就是爸爸妈妈通力合作的一天。据统计,性别发展指数越高的国家,全职父亲的比例也越高。这就意味着越是在性别趋向平等的社会文化中,两性越有可能

---

① Virgina Lee Demetrios. Mike Mullican and His Steam Shovel. Houghton Mifflin Company, 1939.

② Polly Kanevsky & Taeeun Yoo. Here is the Baby. Schwartz & Wade Books, 2014.

根据家庭需要和个人意愿而非舆论和经济压力来选择处理家庭事务的方式。

（三）男性对亲子之爱的表达更加直接且细腻

在中国传统文化中，父亲的形象主攻意志教育而非情感教育。"严父"之爱常常以深沉含蓄为荣，羞于直接表达对孩子的喜爱和依恋。而在欧美儿童绘本中，以父子父女间的趣事为主线、直接抒写父亲对孩子的挚爱的故事比比皆是。绘本《爸爸的小男孩》(*Daddy's Little Boy*)[①]源自1950年的一首民间歌曲。书中写道："你是我的天使，我的世界，我的骄傲，世界上所有的金钱也不能把你带离我身边……"在这娓娓絮语之中满是父亲对孩子的温柔眷恋。《我也爱你！》(*I Love You Too!*)[②]则是父子俩在睡觉前的一段神游：他们用自然界中雨点、花朵、雪花、鱼儿、沙子的多少来形容彼此之间的爱意，读起来既夸张又温暖。有趣的是，与这些"慈父"的形象形成鲜明对比的是，不少绘本中妈妈的形象却一改唠叨谨慎、温柔呵护的形象，她们能带着孩子上天入地探险世界，表现出无穷的活力和智慧。《妈妈轰隆隆》(*Mama Zooms*)讲述了一位身有残疾的妈妈每天把小儿子放在腿上，摇着轮椅带他到大自然中探险遨游的故事。母亲形象所焕发出的坚韧、乐观、勇于搏击的品质同样可以深深打动孩子。这说明，随着男女两性在社会生活和家庭生活中的角色协调发展，父母已经在儿

[①] Cherio Corp & Maggie Kneen. Daddy's Little Boy. South China Prinling Company, 2004.

[②] Michael Foreman. I Love You Too! Andersen Press USA, 2013.

童的情感、道德和知识教育中打破性别分工，共同引领孩子健康成长。

三、以人格之完善教育取代性别气质的差异化教育

如前所述，中国原创儿童读物中的性别教育观念仍停留在规范性教育的层面，即向儿童强调男孩和女孩身体、气质、社会角色和行为规范等方面的不同，从而引导他们成长为符合某种性别规范的"正常人"。而在欧美出版的儿童绘本中，不管主人公是男孩还是女孩，作者更关注培养孩子的主体精神、独立思维、创造意识以及故事的趣味性等方面，极少强调男孩应该怎样做、女孩应该怎样做。即便涉及性别话题，作品也将重点放在如何引导孩子以更为超脱的人生姿态摆脱性别困扰，成长为一个拥有独特魅力的个体。

（一）打破故事题材与主人公性别之间的比附格局

国内出版的童书经常把冒险探索类的题材指认给男性主人公，而把情感关爱类的题材指认给女性主人公。甚至在某些绘本馆的销售培训中，营业员会被要求在询问小顾客年龄的同时询问性别，以区别推荐不同的书目。而在欧美儿童绘本中，不同性别的主人公出现在各类故事题材中的频度大体相当，即每一类故事题材中都可以分别找到数量均衡的男性或女性主人公。例如睡前故事中有一大类"卧室探险"题材。这类贯穿着克服心理恐惧、探索未知

领域、与魔幻进行搏斗的故事没有全部指认给传统意义上"勇敢的男孩子"来完成,男孩女孩都有主演故事的机会。《勇敢的玛莎》(Brave Martha)①讲的是小女孩玛莎在一个独睡的夜晚战胜漆黑卧室里各种魔影的故事;而《不要在床上蹦》(No Jumping on the Bed)②则讲的是小男孩 Walter 因为喜欢睡前在床上蹦而把整栋公寓的层层天花板全部蹦裂了之后的奇遇记。故事在情节设置的趣味性和离奇性上未见明显的性别差异。小读者会在耳濡目染中建立这样的认知:坚强勇敢地探索未知世界是每一个人都可以拥有的精彩生活。

甚至有不少故事刻意淡化性别特征,采用不可辨识性别的人物或小动物来演绎情节,反映出作者对某些情感特质的人类共通性的高度强调。《宝贝我爱你》(Baby I Love You)③讲述了婴儿和玩具小狗之间相亲相爱的故事。故事中的宝宝们都没有明显的性别特征:没有长头发戴蝴蝶结穿粉裙子的女宝宝,也没有短头发穿蓝色背带裤的男宝宝。孩子们都穿着淡雅彩色的衣服,留着各种发型,有着各种肤色。作者意在表明,小朋友与伙伴之间的爱与交流不分种族,不分性别,爱是每个人都具有的能力。

---

① Margot Apple. Brave Martha. Houghton Mifflin Company, 1999.

② Tedd Arnold. No Jumping on the Bed. Penguin Books USA Inc, 1987.

③ Karma Wilson & Sam Williams. Baby I Love You. Simon & Schuster Children's Publishing Division, 2009.

（二）给予脱离性别规范的孩子以充分的宽容和尊重

欧美儿童绘本整体在选题和表现形式上不刻意强调性别规范，同时对那些明显溢出传统规范的现象也给予了充分理解和尊重。绘本更注意向儿童强调个体发展自由、创造性思维、人与人之间的相互关爱等具有普适价值的观念，而鲜见对性别偏离的焦虑和规劝。典型的文本是《雅各布的新裙子》(*Jacob's New Dress*)[①] 一书。雅各布是个男孩子，他最喜欢做的事是自己设计衣服，尤其喜欢穿裙子和扮演公主。面对这样一个与众不同的男孩，有的小伙伴嘲笑他，有的小伙伴喜欢他，但父母和老师的态度最为耐人寻味。尽管他们的内心都不能特别淡定坦然地接受这个行为特异的孩子，但他们没有粗暴地说"不行"，没有规劝他小男孩应该怎样做，而是鼓励他坚持自己的梦想，并为他的行为生发出更多的人格魅力。妈妈陪他一起选布料、亲手做了一件漂亮裙子穿到学校去，并对他说"有很多种方式可以成为男孩子"。爸爸说："我是不会穿着这样的衣服去学校的，但是你穿着它看起来棒极了。"老师说："你自己亲手做的裙子太棒了，太有想象力了，要知道很久以前女孩子也是不能穿裤子的。"在父母和老师看来，像不像男孩子并不重要，培养一个富于想象力和创造力的人才才是最重要的教育目标。他们的言行作为儿童主要的成长参照系不仅减轻了孩子在社会生活中的不适感，更为他建立完善的人格提供了坚实的支持。

---

① Sarah and Ian Hoffman & Chris Case. Jacob's New Dress. Albert Whitman & Company, 2014.

无独有偶，费迪南（The Story of Ferdinand）[①]是一头体形健硕的小公牛，却不像其他公牛那样爱跑爱跳爱争斗。它只喜欢在栎树下静静地坐着，闻闻花香。画面中它一直俯下那庞大雄健的身躯低头优雅地闻着小花朵，形成视觉上的反差。但让这种反差感却始终沉浸在温柔静谧的气氛中，带给小读者强烈的坦然感和平衡感。公牛费迪南也由此完成了性别气质上的身份认同。它的母亲在稳定这种平衡感上起到了重要的作用。它的母亲并不担心儿子脱离常规不像小公牛，而只是担心它"会有点孤独"。当妈妈发现儿子怡然自得并不孤独时，就安然地离开了——母亲对这个"离经叛道"的儿子给予了相当的理解和尊重。

与此同时，欧美儿童绘本中也表现了大量勇于探索、独立自强甚至不修边幅的女孩形象。[②]比如特立独行的小公主形象就层出不穷，她们异常勇敢可以出手拯救王子，她们充满智慧可以治理国家，她们兴趣广泛不以"与王子幸福地生活在一起"为生活目标，在很大程度上颠覆了无知、恭顺、柔弱、依附的女孩形象。可以说，欧美儿童绘本中的性别角色、性别气质和性别行为都呈现出多样化的态势，各种性别存在样态都能得到相同的理解和尊重。而模式化的性别桎梏和道德规劝则作为一种教育的局限被刻意回避了。

[①] Munro Leaf & Robert Lawson. The Story of Ferdinand. Penguin Books USA Inc, 1936.

[②] 陈宁. 儿童绘本中性别教育理念的突破——兼论对中国童书出版的启示. 出版发行研究，2012（5）.

（三）向孩子正面表现性少数群体

性少数群体，在国内的儿童媒体中是绝对的禁区。但是在世界范围内，性少数群体的权利正逐渐受到重视。截至 2015 年 6 月美国联邦最高法院裁定同性婚姻合法，全球已经有四大洲都赋予了同性婚姻的合法地位。他们正在从"病态另类"的群体逐渐被纳入人类社会正常的生存样态。在欧美的儿童绘本中，性少数群体也能得到正面的表现机会。这类图书旨在告诉孩子们，人有权利拥有各种各样的生活方式，只要不触犯法律不伤及他人，都应该得到同样的社会尊重。《希瑟有两个妈妈》(Heather has Two Mommies) 讲述了一个典型的同性恋家庭的生活。希瑟的两个妈妈一个是医生、一个是木匠，一家三口幸福地生活在一起。直到有一天希瑟开始上学了才发现自己的家庭与众不同。作者的智慧之处在于如何为孩子解释家庭的特殊性。老师让每个孩子画自己的家庭成员，有人有父母和兄弟姐妹，有人有两个爸爸，有人家里是母女二人，有人和妈妈、继父生活在一起，还有人的家庭成员是奶奶和两条狗……面对各种各样的家庭形态，老师解释说："不管你的家里有谁，每个家庭都是特殊的，一个家庭最重要的就是家人相亲相爱！"老师的话道出了家庭之爱的本质，儿童在阅读这样的绘本时无形中强化了对他人特殊性的包容之心，也增加了对自身独特性的自信感。

从以上分析可以看出，对生命样态多样性的尊重、人类之间和人与自然之间的平等相处等理念是国际儿童读物的题中应有之义。这其中自然包括两性的平等和自由发展。

同样，在我国综合国力日渐强盛的今天，引导儿童成为有社会责任感，有独立思考能力，包容且开放的现代公民正是新世纪教育理念的重大转变。如何打破性别规约，为孩子提供多元、自由的想象空间和成长可能，是我国出版人应该反思的重要题旨。

培养具有时代精神的小公民
——《大公报·儿童特刊》的编辑启示

五四新文化运动以降,以杜威的儿童中心论为代表的现代教育思想传入中国,影响了鲁迅等一批思想解放斗士,也影响了叶圣陶、陈鹤琴等儿童教育家。儿童开始被知识精英视为独立的个体而不是"成人的预备",儿童的认知和行为特点得到尊重,中国儿童教育逐步具备了现代特征。在这一背景下,儿童媒体的发展有了历史性的突破。有实力的大报和出版社纷纷设立专供儿童阅读的副刊、专栏,或出版儿童文学刊物。这其中创办于1927年的《大公报·儿童特刊》表现出独树一帜的编辑特色:它既能尊重儿童的天性,平等地与孩子对话,更善于用巧妙的编辑理路引导孩子观察社会、评论政治、参与公共事务,既是将母报"文章报国,文人论政"的编辑思想投射到儿童副刊的经典之作,更是现代儿童媒体中培养孩子具有理性思维、社会责任心、平和心态和开放视野等公民素质的范本。

本文以《大公报·儿童特刊》自1927年创刊到1931年终刊共计469期刊物为研究对象,以何心冷及其夫人李镌冰主持编辑工作的样本为研究重点,探讨该刊在发展现代儿童政论、儿童社会新闻、引领儿童进入社会公共事务等方面的编辑特色。

一、与时代同呼吸的儿童政论

20世纪二三十年代，中国正面临着国内军阀混战和外国侵略者的觊觎。身处这样的社会环境和舆论环境中，年幼的孩子们其实也有强烈的基于切身体验的爱国热情，却常常因为言语稚嫩、见识清浅而被排除在成年人"共商国是"的圈子之外。实有见地的"言论"是新记《大公报》的编辑特色之一，它的《儿童特刊》也别有新意地为孩子们的政治言论提供了珍贵的展示空间，在同期儿童媒体中可谓独树一帜。该刊专门设立了"来论"栏目，刊登小读者对贫富分化、强国之路、抵抗外辱等社会问题的见解。这些成人报刊上频现的话题被孩子们用别致的视角重新观察和讨论。特别是20世纪30年代在内忧外患的社会背景下，10岁以下低龄儿童发表的描写家庭生活、游玩经过和小动物的文章明显减少，取而代之的是10岁至14岁少年发表的政论性文章。

"人的境遇生而不同"可能是孩子们最容易观察到的生活现象。据笔者统计，"来论"栏目对贫富差距问题的关注度最高，平均每两期就会出现一篇。有小作者在《对于洋车夫的感想》一文写道：

在寒冷的冬天，有钱的人，便穿着皮裘，坐在炉旁取暖。中等的人，也穿着温暖的衣服，就是出去办事也要坐车，他们都不知道那些穷苦的洋车夫，还是在寒气中挣扎啊！为什么他们要拉车，不去享福呢？不过没有钱罢了……还是金钱做的恶啊！若是在夏天，却可以看见他们在烈日的威严下，汗湿透了他们的衫裤，还是不能休息片刻，这是何等的苦呀！我劝诸位小朋友，对于洋车夫要和气一点！①

透过日常观察，小作者对穷苦人衣食无着的生活境遇有着深深的同情，对富人奢靡的生活也十分厌恶。贫富分化是当时中国突出的社会矛盾，造成这种情形的原因是复杂的。《儿童特刊》并不试图向小朋友阐释抽象的社会历史症结，也不做带有政治导向性的宣传，而是让孩子们自己去仔细观察生活，书写所见所闻。他们真实的感受对同龄人来说更具有感召力。

面对畸形的社会现状以及痛苦的战争经历，《儿童特刊》特别注重从孩子的视角抒发对救国强国之道的渴念与思考，其政论文章均以儿童可以实践的路径和方法为重点。有小作者写道："我们是小孩子，既没有受过军事训练，打仗这一件事，我们的能力，一定是很薄弱的。"②那么，什么才是孩子可以身体力行的救国强国之法呢？

学习知识武装自己从而改变国家命运是孩子最容易想到的方法。"中国人多不肯用工求学，因为不求学，才学问不充足，无学问，才实业不振，经济恐慌，枪械战船不及

---

① 查富准.对于洋车夫的感想.大公报，1931-03-07（10）.
② 王汝满.这几天的哈尔滨.大公报，1931-10-08（10）.

他国。"① 孩子们把努力读书增长科学文化知识看成为救国贡献力量的关键。《我们怎样对东北事件》中写道：

> 小朋友们你们想想，现在的中国是多么不幸，东北有日本军队侵占着，南方闹着水灾……国家现在弱极了，如果再不努力读书，去创造许多武器，来捍卫国家，那么国家一定不能强了，还有灭亡的危险呢，小朋友们，国家富强的责任全在我们身上，所以我们十二分努力去求学而强国！②

尽管小作者的观点算不得成熟，但不难看出，战争给儿童生活带来的直接影响已经把他们推入"共商国是"的圈子，促使他们去思考国家任人欺凌、无力抵抗的原因，并积极提出自己的政见。

九一八事变后，中国社会再次掀起抵制日货的热潮。《儿童特刊》的小作者们也成了这一爱国行动的呼吁者。《提倡国货》一文写道：

> 爱国的小朋友们！你们可知道，中国现在的乱和受他人的欺侮，有一半是受了经济的压迫么？我国地大物博出产丰富，为什么会穷到快破产的地步呢？都是因为国人，喜欢用外国货，每天每时每分钟，把成千成万的银钱向外国送，那得不穷呢？③

---

① 王汶满.这几天的哈尔滨.大公报，1931-10-08（10）.
② 陆家琪.我们怎样对东北事件.大公报，1931-10-02（10）.
③ 仪.提倡国货.大公报，1931-09-25（10）.

还有小作者意识到抵制日货不仅仅是口号，而且是实际行动："一是不用外国货，我们要抵制它，不能把它当做口号，应当时时的不买它，并且宣告大家买外货的害处，这样算实行了抵制外货的口号。"① 更有小朋友深入思考了中国与日本的经济关系，认识到抵制日货必须以振兴中国实业为基础。《抵制劣货必先振兴实业》一文中说：

> 现在因为国内没有出品，故一方面抵制劣货，又一方面改购买西洋货，如此之抵制，岂不妄费徒劳。要知今日之日本欺辱我，谁能知来日之西洋人不欺辱我。要顾解决外人之欺辱我的问题，还得自己努力。先具有百折不回的精神，誓死购用我国自产货品，倘若有一种货，为我所必需而我国产亦没有。购买期亦应有一限制，最迟亦要在一二个月内将未有而必需用之货制出，以应国人需要，如此则不愧为爱国矣。②

《儿童特刊》的政论基调与母报《大公报》是高度一致的。九一八事变后，《大公报》坚持中日问题非一朝一夕所致，而双方力量悬殊，不应仓促开动战场。"为国家前途计，绝不能作孤注之一掷，所以仍旧主张保持和平，培养国力，而不取激烈态度，虽遭国人之不满，亦不惜'自我

---

① 沈秀英.过双十节的感想.大公报，1931-10-16（10）.
② 仲贤.抵制劣货必先振兴实业.大公报，1931-11-7（10）.

创之，自我毁之'。"[①] 而这一时期《儿童特刊》的儿童政论亦以发展科学技术、振兴实业等"武装自身"的主张为重，更有小作者明确提出"要学印度的甘地先生，不拿时间白费在空谈上"[②]，都与母报的政论基调高度契合。九一八事变发生后《大公报》连载了《六十年来日本与中国》，把明治维新以来日本逐步侵华史事还原给读者。而同期《儿童特刊》也刊载了《日本小研究》等介绍日本地理历史的精短文章让小读者了解对手日本。作为一份儿童刊物，《大公报·儿童特刊》并不直接承担"文人论证"的重任，但培养儿童的爱国热情却是儿童报刊实现教育功能的应有之义。《大公报·儿童特刊》以其特有的形式践行了正刊"文章救国"的办报思想。

二、儿童新闻的开山之作

20世纪二三十年代，尽管各大报馆的新闻采编队伍日趋专业化，现代新闻产业也初具雏形，但是以儿童为目标受众和报道主体的"儿童新闻"仍是一个非常陌生的概念。《大公报·儿童特刊》虽是报纸的副刊，但开风气之先，对"儿童新闻"做出了有益尝试，开创性地设置了儿童新闻栏目并进行专题新闻事件策划。

《儿童特刊》在创刊之初就设置了专门的新闻性栏目，如"儿童新闻""要闻""世界新闻""紧要新闻"等。从内

---

① 胡政之.对天津馆编辑部同人的讲话.//周雨.大公报史，南京：江苏古籍出版社，1993.
② 仪.雪国耻要习勤耐劳.大公报，1931-10-1（10）.

容上看，栏目登载的国内新闻绝大多数是对新成立的儿童团体的介绍，投稿作者即为组织内成员，如《西开小朋友们的新团体》《儿童界空前之新组织》等。国外儿童新闻多引自当时的海外报纸，介绍各地孩子们的学习生活。比如《德国将有透明的小学校》《欧美夜学校拿报纸作课本》《欧美小朋友皆大欢喜》，三篇新闻分别报道了德国新建校舍、欧美新教学方法和欧美的儿童玩具汽车比赛，饶有趣味地开阔了国内小读者的视野。

当时中国业界关于新闻事件策划的观念还未形成，但实际上有不少报刊已经有了类似的实践，《儿童特刊》也在为孩子们策划有意义的新闻活动。为促进儿童养成良好的卫生习惯，特刊在创办之初就成立了卫生检查小组"儿童清洁密查处"，并委任了正处长"千里眼"和副处长"顺风耳"定期到学校检查儿童的卫生状况。还专设了"儿童清洁密查处布告"栏目，刊登"儿童清洁密查处"的检查结果，诸如"某学校小学生，指甲不剪，头发不梳，鼻涕两行，手脸一片乌黑"。特刊对这类事件的策划和实施带有强烈的现实干预意识，使栏目具备了一定的新闻价值。

尽管《儿童特刊》的新闻性栏目和新闻策划存续时间并不长，作者也非专业的新闻工作者，但它的重要意义在于发现了儿童作为新闻受众的存在价值，在现代新闻发展史上可谓开风气之先。在这种新闻观照下，儿童在一定程度上被看作是社会公民中的一员，有能力更有权利知晓和介入与自身相关的社会事件。这对培养孩子的社会责任感和参与精神具有相当的前瞻意识。

三、培养现代小公民的编辑智慧

《儿童特刊》在尊重儿童、平等相待的基础上，也始终坚守着对孩子的教育引导职能，这一点最为体现编辑的智慧：教育而非教化、尊重而非放纵，肯花心思用孩子们喜闻乐见的形式引领他们成为有社会责任感，有爱国之心，有文明礼仪的现代公民。

（一）叙写亲历体验以激发孩子们的爱国热情

《儿童特刊》存续的时期正是战乱不断、内忧外患的年代。战争带给儿童的伤害是直接的生存体验性的。一名12岁的小学生写道："我们跑的快近隆新里的时候，又听得啪的一声，一个枪弹由我脑后打来。这一下子，几乎把我吓得魂飞天外。若不是我头低得快，恐怕要与世长辞了。……就是今天我执笔作这篇稿子时，还有些不寒而栗呢。"① 1931年日军占领东三省后局势更加动荡。一个9岁的哈尔滨小朋友这样描述：

> 我在学校上俄文课的时候，忽然有人说，日本兵到一点钟要来了，大家立刻惊恐起来，没有得着老师喊正式命令，大家不约而同一哄而散的回家了。……我温习完地理，刚要睡觉，忽然听见轰的一大声，一会又是轰的一大声……我和小弟弟听了父母的谈话，再睡也睡不着。……今年我妈妈没有给我们月饼吃，

---

① 孙冠儒.可怕的四号晚上.大公报，1928-06-10（9）.

我们和她要,妈妈说:"东三省给日本占领了,月饼是苦的不可以吃了。"小朋友们,你们如有吃了月饼的,是甜?是苦?究竟是什么味儿?请告诉我。①

对于一个9岁的孩子来说,他也许不能理解日本占领家乡意味着什么,对母亲的话他也不甚明白。但是通过朴实的描写和天真的发问,小读者不难体会自己的小伙伴面对头顶盘旋的飞机、四起的枪炮声时的惊恐以及美食一去不复返的深切遗憾。

新记《大公报》创刊后十年间,爱国主义一直是编辑方针的主线之一。《儿童特刊》在编辑思路上秉承了母报的精神,读书救国、提倡国货、揭露列强侵略行为的主题屡见报端。特别是九一八事变后,爱国救国的主题明显增多。从1931年9月19日至停刊,《儿童特刊》一共刊登文字作品354篇,其中以爱国、救国为主题的文章约占14%,均为儿童所作,作者平均年龄14岁。

关于如何向儿童传递政治军事理念的问题,《儿童特刊》没有进行生硬的概念灌输,而是用孩子之间耳濡目染、感同身受的表达方式叙写他们的所见所闻所感,从而代替了编辑对小读者"自上而下"的爱国教育,编辑的教育目的得以潜移默化、润物无声的实现。

(二)鼓励孩子们积极参与社会公共事件

新记《大公报》曾在《本报续刊二周年之感想》的社

---

① 王汶满.这几天的哈尔滨.大公报,1931-10-8(10).

评中明确表示"盖本报公共机关也"。"公共机关"包含两层含义,"一是公共言论机关,国人有所欲言者,可到该报言之;二是社会服务机关,国人有难、有求,该报有为之解难、服务之义务"①。这份定位为"天下公器"的报纸即使在副刊编辑上也在保持消闲娱乐的同时力求发挥社会服务的作用。《儿童特刊》鼓励孩子们参与社会公共事件,将服务社会的宗旨贯穿始终。

1931年,全国各地遭受水灾,湖北、安徽等省灾情尤甚。自8月初起,《大公报》开始大量报道灾情,并成立了"大公报水灾急赈委员会"。《儿童特刊》积极配合赈灾进展,8月26日头条发表了编辑文章《请小朋友们参加救灾运动》,首次将儿童纳入救灾大军之中:

全国的少年们!我们三千万同胞人民,在这种悲惨严重的境遇之中,我们大家,谁都应该尽力帮助他们!现在盼望小朋友们都做两件事!第一:盼望你们在学校里,家庭里替灾民募捐,你们自己也节省几元零用钱捐赈,不论钱数多寡,都要表示热心!第二:盼望大家多作救灾的文字,本栏尽量替你们宣传!②

从1931年8月28日到10月1日一个多月的时间,《儿童特刊》共刊发了救灾文章27篇,几乎每日一篇。除文字作品外,还有不少表现灾情的绘画作品。值得注意的

---

① 吴廷俊.新记《大公报》史稿.武汉:武汉出版社,2002.
② 佚名.请小朋友们参加救灾运动.大公报,1931-08-26(10).

是，《儿童特刊》没有抽象地灌输捐款救灾的号召，而是采取征稿的方式让孩子主动观察和感受灾民的苦难，体会救灾的必要，再借儿童之笔触将这种直观的情愫传递给更多的小读者。他们自己写作的文章更能让同龄人产生共鸣。这种编辑策略一方面配合了母报发起的救灾运动，也培养了儿童参与国家和社会事务的责任感。

为社会公益而奔走是《大公报》的一贯传统，报道灾情、募集善款、为政府出谋划策被《大公报》视为己任。《儿童特刊》并没有因为儿童的弱小而将其排除在社会救助的议题之外，而是以孩子能够接受的方式激励他们关注社会的种种不幸，尽其所能去帮助有困难的人。这也是《儿童特刊》对《大公报》"社会公器"理念的延续与践行。

（三）在循循善诱中建立人生价值观和行为准则

《儿童特刊》珍视孩子的天性，坚持对来稿如实刊登，不做刻意的篡改和润色，但这并不意味着对小读者的曲意附和。编辑们会从小朋友叙述的日常生活中及时发现问题，精心安排话题，用可亲的"大朋友"身份引导他们建立正确的人生观和价值观。

1928年，《儿童特刊》新年专号上登载了两个孩子关于过新年的感想。编辑有意将这两篇稿子安排在一起发表以示对比。一个孩子写道："我最喜欢过年，父亲母亲，哥哥弟弟，全都吃着好东西，还有许多人来贺年，这时候，我有很多的钱，可以随便买东西吃。"另一个孩子则写道："现在快要过年了，我很不喜欢的，因为大家都穿着新衣服，戴着新帽子，我还是这一身衣服，怎好和人家在一起玩呢？

在家温书吧，地方又小，碍妈妈的事，还不胜我平常在学校念书好。"[1]文后的"编者注"表示："小小这两篇，活现出世上的不平等。"编辑分别劝说两位小朋友："兆仲妹妹，吃多了伤脾胃。""绍兴弟弟，你不要耻旧衣，孔子有个大徒弟，终生穿破袍子，敢与阔人立，你没新衣，又怕怎的。"这样温和的口气和平实的分析既不夸大激化阶级矛盾，又给每个孩子以面对不同的人生境遇应持有的理智和信心。

1927年11月10日，《儿童特刊》登载了《西开小朋友们的新团体》一文，自治会的章程中写道"欺负本会者全体争斗"。面对这种集体性的暴力倾向，编辑用平和商议的口气进行劝导，"若是大家一伙子去动武打架，当心砍伤了人，可不是玩儿的！要是你爸爸妈妈知道了，定要骂你们、打你们，那团体就固结不成了！本报的愚见：还是把这条改成'欺负本会者，全体与他和平的理论，以求公道。不成，再请出全体的爸爸、妈妈和他（或他们）的妈妈、爸爸，大家评判'，不知贵团体的意见如何？……我们大胆、多嘴，贵团体以为如何？请回答！"[2]编辑既保持了态度上的温和谦逊，又明确表示了反对暴力行为的严肃和坚决，对孩子来说不失为一种适宜的疏导方式。

在政局瞬息万变的背景下，《大公报》不断调整编辑方针以适应读者需要，副刊也随之几经变化。但是即便在艰难的出版环境中，《儿童特刊》也被一直保留下来。《大

---

[1] 郑兆胂，宋绍兴.过新年.大公报，1928-01-01（8）.
[2] 佚名.西开小朋友们的新团体.大公报，1927-11-10（8）.

公报》在1930年5月31日的《本报副刊部启事》中宣称："除原有之妇女、儿童两种已决定自六月一日起，改为每日出版，以应家庭读者需要外，其余科学、艺术、电影等刊，均暂行停刊。"①1931年1月1日《本报启事》中又说明："本报自本年起，为满读者希望起见将向缩小广告范围，扩张新闻记载方面努力做去凡百困难皆所不顾，除文学副刊、医学周刊、经济周刊照旧外，儿童版每周刊行五次，其他周刊停止。"② 这一方面说明该刊有着广泛的读者支持，也说明《大公报》作为当时首屈一指的大报在培养儿童方面的坚定的社会使命感。

　　时至今日，儿童读者的需求得到了新闻出版业的极大重视，儿童报刊不仅在数量上迅速增长，其品种也逐渐丰富。然而，随着儿童受众带来的利润逐渐丰厚，一些出版者越来越重视儿童作为消费者的身份，而忽视了他们作为独立的社会公民和受教育者的双重身份。《大公报·儿童特刊》的编辑思想无论对现代儿童报刊的发展，还是对教育理念的革新都具有深远的影响。它一方面代表了当时儿童报刊的发展水平，另一方面也反映出现代特色的儿童教育观点，在儿童报刊发展史和儿童教育史上具有双重意义。

---

① 本报副刊部启事.大公报.1930-05-31（4）.
② 本报启事.大公报.1931-01-01（4）.

辑 四

尽管男女有别的性别观念仍然是当今社会文化的主流，但不可否认的是，大众媒介从来没有像现在这样对多样态的性别呈现给予如此之多的宽容之心。行走在传统性别边界上的媒介形象层出不穷，甚至性别特征的特异性和陌生化正在成为商业媒体吸引眼球从而掘金的创意点所在。这背后究竟是不是针对性别桎梏的疏解很值得我们去细致地辨析。

比如，近些年来一些性别表征的界限相对模糊的荧屏人物逐渐从冷门异类的角色演变成受人关注的形象。央视春晚中林永健扮演的天津大姐让观众捧腹不禁;《星光大道》走出的反串演员李玉刚唱响世界舞台；湖南卫视知名栏目《百变大咖秀》以男女互扮作为主要表演方式；更有变性演员金星在演艺界不断创新，受到观众的广泛喜爱。演员们的生理性别和性别文化表征之间被允许存在较大的反差。

本辑以大众媒介中的性少数群体为研究对象，涉及电视节目中的跨性别群体、网络游戏中的跨性别扮演、"性转"视频的传播以及网络"污"文化的传播特征等议题，探究性少数群体在大众媒介中的生存现状、传播样态及其中的性别意蕴。

跨性别群体在电视媒介中的
生存境遇与传播策略

从学理上来说，跨性别（transgender）是指人对自身的社会性别认同有别于其实际的生理性别，特别是对社会文化依照生理性别而建立起来的性别规范感到不适，从而在外在形象、行为举止、心理状态或社会角色等方面有所改变。传统的性别规范基于严格的男女二元划分，即"男人应该有男人样，女人应该有女人样"。而跨性别者的性别表征既可能与其生理性别完全相逆，也可能带有某种兼性的特点，即融合多种性别元素于一身。

在性别发展史中，跨性别曾经被视为一种病态，医学界称之为"性别身份识别障碍"（gender identity disorder），社会上也多使用污名化的称呼。但是近几十年来，随着世界人权运动的发展，基于生殖目的的异性恋霸权在一定程度上被动摇。截至2015年6月美国联邦最高法院裁定同性婚姻合法，全球有四大洲都赋予了同性婚姻的合法地位。可以预见，性别表征及性取向作为人的主体权利的一部分，其多样性将和种族、宗教等维度一样获得更多的尊重。在这个意义上，我国电视媒体逐渐放开对跨性别人物的展示也是对人的多样化存在的认可。

那么,我国的跨性别人群是在怎样的电视叙事策略下被呈现的?走上前台的姿态究竟意味着解放性别还是消费性别?跨性别人群与电视生产逻辑之间又是怎样的博弈关系?对这些问题的探究将有助于我们了解当前中国电视媒体在性别意识发展中的阶段性特点。本文以2010年至2016年中央电视台以及内地收视率排名前十位的省级卫视播出的电视剧、娱乐节目和新闻节目为研究对象,考察其中跨性别群体的媒介生存现状及传播策略。

一、反串演员——性别二元框架中的有限腾挪

电视荧屏上的跨性别者一般有两种存在样态。一种是非表演性的,这类人物的舞台形象与生活形象之间没有严格区别,在外形气质、举止行为或者性取向上都表现出明显的跨性别特征。我们将在下文对此进行详述。另一种样态则具有明确的表演性,即演员承认生理性别和社会性别的一致性,只是在舞台上用艺术的形式扮演其他性别,俗称"反串表演"。目前电视上这类演员以生理上的男性居多,约占所有跨性别表演的70%。当我们把这些男性反串形象集合在一起时就会发现,他们并非突破了传统的男性外形和气质,演绎出多样化的具有个性特征的性别形象,而是无一例外地把自己装扮成标准的传统女性形象。也就是说,电视节目在表现这些人物时,性别的二元划分不仅没有打破,反而得到很大程度的强化。

笔者统计了2010年至今热播的电视剧,共有12部电

视剧中出现了男性反串形象。他们在发饰、妆容（特别是眼妆与口红）和衣着上都具有明显的传统女性特点：除潘长江扮演的中年女性是齐肩短发以外，其余的男演员都扮演成皮肤白皙、大眼红唇、长发飘飘、穿着裙装的年轻女性形象，暗示这样的人物才是真正的女性。在当代都市剧中，他们还会穿上高跟鞋来增加所谓的女性气质，也会刻意模仿传统女性的行为举止，将声音变细柔、增加肢体的扭动、笑时捂嘴、抛媚眼、激动时跺脚等。媒体的相关报道亦多采用妖娆、妩媚、惊艳等词汇来形容他们。同样，检视几档收视率较高的电视娱乐节目，其中的男性跨性别者也无一例外都使用了长发、红唇、裙装和高跟鞋等元素。他们身材苗条，皮肤白皙，妆容精致。而以贾玲为代表的女性反串表演则夸张地展现粗壮的身材、厚重的嗓音和浓密的须发等传统意义上的男性特征。

  这种现象透露出，男女二元对立的性别模式仍然是我国电视媒体坚守的性别安全底线。尽管生理性别和社会性别之间的联系可以暂时以表演的形式相分离，但游离之后的演员要被重新整合进或男或女的性别框架中才能获得新的合法性——演绎女性就要柔美、恭顺、性感，演绎男性就要粗犷、孔武有力。这个叙事框架之外的性别样态很难走上前台。

  值得注意的是，在一些欧美国家，这种男女二元划分不仅不是跨性别表演的安全港湾，反而是艺术创新的某种障碍。2014年，奥地利歌手肯奇塔·沃斯特获得第59届欧洲歌唱大赛冠军。她曾经是一位生理上的男性。但是在舞台上她一面展现柔美的身材、飘飘的长发，一面蓄着浓密的络腮胡子，再加上中性的嗓音，人们已经很难用男人或是女人这样非此即彼的概念来框定她。这种兼具妩媚和粗犷的审美特质其实更加具有了个性化的自由色彩。以此来反观中国荧屏上的反串演员，他们用以表现性别特征的元素符号是有限而统一的，因而其扮演的舞台形象也就难免有雷同之处，很大程度上抑制了艺术表演的创造力。

二、非表演性的跨性别者面临尴尬处境

表演性的跨性别者尽管样态单一，但在有着易装传统的中国文化背景下不仅可以被接受，甚至广受欢迎。2010年以来，电视娱乐节目中的反串元素呈现井喷态势，尤以湖南卫视《百变大咖秀》最为集中，五季节目中共塑造了160个跨性别形象，其中男扮女装的有112个。可以说当跨性别表演以娱乐狂欢的方式呈现时，受众是接受甚至喜闻乐见的。然而，当电视人物宣称自己并不完全是在表演，而是真正具有跨性别的生活方式时，电视节目的传播逻辑就发生了某种暧昧的变异。

首先，对是男是女的追问热情远远胜过对演员专业能力的考量。2010年《快乐男声》比赛中，男歌手刘著以女孩形象参加海选，并声称自己这个样子"最自然最舒适"。他的外形激怒了现场某位评委，该评委三次粗暴地打断他的演唱并追问他到底是男是女，甚至呼吁广大观众立即对他进行"人肉搜索，以验明正身"。至于歌曲唱得怎么样这位评委已经完全无暇顾及。是什么激怒了评委使其丧失了对演员人格的起码尊重甚至无视法律的约束？在评委眼里，

越界的性别特征已经不是个人生活方式的选择，而是对男女有别社会规则的公然挑衅；歌手刘著也不是一个进退有度、热爱音乐的大学生，而是性别公共秩序的破坏者，可以人人喊打。同样的情形多次发生。2013年男性演员叶紫涵以女性形象参加了《超级演说家》节目，四位嘉宾共用了4分10秒追问他的性别经历，却只用了15秒的时间草草带过其演讲技巧。"是男是女"成为跨性别者面对镜头时首先必须要回答的问题，任何人都要在男性和女性两个阵营里有明确的站位之后才能获得话语权。对此，我国的电视娱乐节目表现出极为相似的窥探模式，通常节目设置中都会追问如下内容：演员内心的性别认同、跨性别的缘起和尴尬事、亲人的态度、幼年经历、恋爱婚姻和生育的可能性、对变性手术的态度，等等。

其次，将演员的性别特征进行问题性归因。以主持人和嘉宾为代表的媒体立场通常不能将性别界限模糊的行为视为人类生活的常态。即使当事人明确表示这种生活状态很自然很舒适，他们也会在节目中致力于挖掘跨性别演员种种不同寻常的经历以证明当事人的性别选择是非常态的，比如童年创伤、父母关系、家庭教育等。也就是说，跨性别在我国的电视媒体中仍然被视为某种性别身份识别障碍，是一种认知缺陷，而不是人对自己的生活方式进行自由选择的结果。母亲的出场成了这类人不能为社会所接纳的最直接的证据。在大多数访谈节目中，母亲明确表示反对孩子从事反串表演，因为家人在"生活中抬不起头来"、"被别人说三道四"。她们甚至称自己的孩子为"这种人""这个样子"，继而潸然泪下。这样的议程设置难免给观众留下一种跨性别者难为亲人和社会所容，其生活必然苦闷悲伤的媒介印象。

再次，劝诫和警示是节目中最常见的引导态度。尽管有一些嘉宾不惜用侮辱性、抗拒性的态度来对待跨性别者，但面对这样一群弱势群体，多数嘉宾更愿意以人生导师般的温和姿态规劝他们回到"正途"。比如"一定要把握好舞台和生活的界限"，"希望你在生活中能比男人还男人"，等等。这样的言论并不激烈，但反映出电视编导仅能在艺术表演这个层面接受跨性别者的存在，而在生活层面，则坚持认为跨性别并非正常的生活状态，不能见容于大众媒介。

值得注意的是，同样是对性别规范的挑战，男性向女性气质的靠拢其社会接受程度要远远低于女性向男性气质的靠拢。李宇春、韩红等演艺工作者的中性气质所引发的争议要小于前述各位趋向于女性气质的男性。在男权社会中，男性是一种优势性别，处于劣势的女性对男性气质的选择和服从更容易被社会悦纳，世代相传的花木兰的故事就是一例。而男性对女性特质的"归顺"在脱离了封建社会的君臣之道以后就很难再找到艺术以外的合理性。一直处于性别权利金字塔顶层的男权文化无法理解更无法接受放弃性别优势转向第二性的屈尊行为。

三、对跨性别者的污名化和奇观化呈现依然大量存在

再来看电视新闻界。笔者在央视网视频资源库中使用若干与跨性别意义相关的词汇进行新闻搜索，共获得有效

电视新闻样本 129 条。其中真正使用客观的学理性的跨性别一词的新闻仅为 1 条。在新闻标题和内文中，记者都倾向于使用变性人、人妖、伪娘等污名化的社会惯用语，并附会上疾病、治疗、障碍、性别错乱等病理性语汇。法治类新闻报道约占样本总数的 50%，其中跨性别者百分之百都以涉嫌卖淫、行窃、诈骗、偷窃等犯罪行为的形象出现——跨性别是他们的作案手段之一。如《变性"美女"色诱抢劫获刑 4 年》《昔日高考状元沉迷网游，男扮女装诈骗 20 万》《男扮女装卖淫，民警抓个现行》《台湾"伪娘"组织卖淫，用毒品逼良为娼》等等。从新闻专业角度来看，这些新闻的价值并不具有特别的重要性和影响力，唯有犯罪嫌疑人的"跨性别"特征成为新闻在反常性上博出位的筹码。

电视新闻将跨性别身份和犯罪行为高频度关联，可能会使受众产生某种虚假联想，即男扮女装、变性等情况一定与某些不正当的道德倾向或犯罪行为有关。在跨性别群体的社会能见度不高、受众认知程度偏低的社会环境下，媒体建构的拟态环境更容易被受众投射到现实中，用来审视现实生活中的跨性别者。这无形中降低了跨性别者的社会评价，更增加了他们进入社会公共空间的信誉成本。

在新闻点的选取上，猎奇式报道也是最常见的新闻立场，在统计中占 30% 左右。这些新闻并不关心跨性别人群的社会实际和生存困境，只是将其当作奇观来把玩消遣。比如《患"异装癖"英国士兵变性成火辣钢管舞教练》《印度富豪女儿变性以长子身份争夺遗产》《年轻小伙街头求助，无论如何都要变性做女人》《广东佛山 84 岁离休干部成功变性》等等。在这样的报道中，性别样态不再是私人的生活选择，而是被消费、被观看的卖点，"异常性"成为衡量其新闻价值的首要因素。此类报道大多采用悬念式结构方式，用竟然、居然、想不到等表示惊叹转折的手法进行揭秘性报道，表现出强烈的窥奇心态。

四、性别解放意义的自我消解

跨性别者敢于挑战建立在生物决定论基础上的文化桎梏，这本身就带有一定的性别解放意义。但是这种反叛性在具体的电视传播中被不断消解，最终不得不屈从于电视的消费逻辑。在电视剧生产中，跨性别角色大多是推进情节发展的工具，而不是被表现的情节主体。笔者研究了涉及跨性别形象的12部电视剧，发现剧情一定是出于某种功利目的才会动用此类角色，比如人物遭遇与性别相关的身份困境时。《爱情公寓3》中吕子乔想进入酒吧须得打动门卫保镖，《怪侠一枝梅》中贺小梅必须转移日本使者的注意，《古剑奇谭：琴心剑魄今何在》里方兰生想进入山寨探查真相，《美人制造》中张易之欲接近大臣以窃取机密……当剧中人物无法在短时内取得对手的信任时，他们才会自愿或在同伴的怂恿下扮作另一种性别形象。

跨性别形象出现的时长非常短暂，更不会作为主线贯穿剧情始终。当推动剧情的目的达到了，角色会立刻换回原有性别装扮，这类戏份最多不超过10分钟。这种"短时呈现"将对跨性别形象的表现重点停留在消费层面，而不是重点展现跨性别这一文化现象。男扮女装或女扮男装的形象是推动情节、制造话题、招徕收视的手段。演员没有心理纠葛，没有被识破的麻烦，没有社会舆论的压力，也就消解了跨性别形象对传统性别观念的颠覆意义。电视剧既达到了消费跨性别形象的目的，又谨慎地回避了社会性别规范的敏感神经。可以说，这是编剧者在消费文化与性别文化中腾挪出的有限空间。

2014年一部美国电视连续剧《老爸爱变装》（Transparent）颇为引人注目。该剧从头到尾讲述了一位父亲将自己跨性别的事实告诉儿女的心路历程。这样真正以跨性别人物为表现中心，以关注跨性别生活际遇为表现重点的电视剧，目前在中国还没有类似的题材出现。

除了电视剧，电视娱乐节目更体现了类似的消解倾向。为了获得在电视媒体中稀缺的生存空间，跨性别者必须要屈从于娱乐节目的消费性生产逻辑——虽然个人的跨性别特征是他们得以进入电视平台的敲门砖，但如何使用这块敲门砖已经无法再受到个体意愿的控制，更与伸张性别权利无关。温和的不具攻击性的态度是他们最好的自我保护和伪装。他们都带有明显的个人化叙事的特点，其叙述主语几乎都是"我"，很少见"我们""我们这些反串者"的表述。

消费主义的编码规则在跨性别形象身上展现得淋漓尽致。娱乐真人秀节目往往会对这些人物形象进行特殊的策划和设计，突出强化他们身上的异常性和冲突性。笔者监测了反串演员叶紫涵从2011年到2014年间参加的大部分娱乐真人秀节目，结果发现，同一人物的自我性别认同、生活着装的性别取向、亲友团对跨性别的态度等核心问题在不同的节目中竟然答案不尽相同，甚至发生过根本性的改变和反复。这不禁使人有理由相信，为了制造一定的戏剧冲突效果，节目制作方的意图在很大程度上影响了叶紫涵对性别问题的表达基调。另一位反串演员"孔雀哥哥"李大勇也有过类似的际遇。他对节目组明确表示过自己已经厌倦了穿女装和嗲声嗲气说话，但是他仍然被强制穿着女装主持节目，并练就了一口台湾腔。①

笔者同时考察了文化背景有不少相似性的台湾电视媒体，发现跨性别人群在台湾电视节目中拥有更多的话语主权和更广阔的表现空间。首先，一般情况下跨性别是作为正常的人群样态而非问题人群出现的。节目不会急于用是男是女来迫使人物站队，而是在承认性别可以具有模糊性的基础上尊重其生活上的自主选择。在娱乐访谈节目中，主持人和嘉宾不会对跨性别人物的过往经历、性取向等私人话题进行直接而严肃的追问，更没有劝诫性、侮辱性的语言。其次，演员的性别身份并不是他们唯一的身份标识，他们的职业技能、人格魅力和社会影响才是他们被节目选中的最重要的原因。这一点与其他男女嘉宾被邀请上节目的原因并无二致。即便与性别身份有关的内容，节目也将焦点聚集在美不美的审美问题上，整体氛围轻松温暖，没有刻意的悲情化叙事。而在娱乐之余，主持人还会适时关心跨性别者的身体状况，自然如朋友间的相互问候。可见在台湾电视媒体中，跨性别者的性别身份虽然同样是电视节目的消费点，但却是在娱乐与审美意义上的消费，而不

---

① 星夜故事.北京电视台文艺频道，2014-02-27.

是窥探性、猎奇性的消费。

　　不论是在学界还是业界，性别议题正在逐渐走向显学。但在相当长的时期内，性别解放都被偏狭地理解为女性解放，对性别压迫的解释也就成了男性对女性的压迫。实际上，这种理解还是基于僵化的性别二元论基础上的男女之间的资源重组，那些不在这两个序列中的性别样态都无法获得权利的眷顾。而真正的性别平等，是将性别选择作为人的基本主体权利之一，在不违反法律的前提下，任何性别形象、性别行为和性别角色都应受到同样的尊重。我国当前的电视媒体给予跨性别者以更多的表现空间，他们不再是失语的话语空白，也不是完全负面的被批判对象。尽管他们的媒介生存环境还有不小的困难，但这是个重要的文化起点，意味着一个社会对人的生存多样性开始有了体察的耐心和包容的胸怀。

网络游戏中的跨性别扮演与设计创新

当前我国的网络游戏（online game）产业高速发展，2016年产业规模效益实现1655.7亿元，同比增长17.7%。[①]游戏用户数达到5.34亿，直播用户突破1亿，玩家利用手机玩游戏的日均时长约50分钟。仅腾讯《王者荣耀》一款手机游戏每日活跃用户已突破5000万。[②]由此产生的游戏衍生行业也迅速兴起。2014年年初创立的斗鱼网络科技有限公司靠游戏直播起家，至2016年已经累计融资超过20亿人民币[③]，让游戏直播成为时下最热门的网络行业之一。

网络游戏也称在线游戏，一般指多名玩家通过计算机和互联网进行交互娱乐的电子游戏。[④]按照用户接收终端设备来划分，可分为电脑客户端游戏（简称端游）、主机游戏（含掌机和家用机）、手机游戏（简称手游，又称移动游

[①] 中国音数协游戏工委，伽马数据，国际数据公司（IDC）．2016年中国游戏产业报告．http://news.candou.com/728114.shtml.

[②] DataEye数据中心．2016年Q3中国移动游戏行业报告．http://www.useit.com.cn/thread-13622-1-1.html.

[③] 直播疯狂！斗鱼直播不到半年累计融资超20亿．http://www.nbd.com.cn/articles/2016-08-16/1031030.html.

[④] 网络游戏．https://zh.wikipedia.org/wiki/%E7%BD%91%E7%BB%9C%E6%B8%B8%E6%88%8F.

戏）等。按照游戏类型来划分，可分为角色扮演游戏、策略游戏、动作游戏、射击游戏、解谜游戏等许多品类。其中大型多人在线角色扮演游戏（Massively Multiplayer Online Role-Playing Games，简称 MMORPG）的玩家数量众多，其中经常出现跨性别扮演的现象。

"跨性别扮演"是指玩家在游戏中主动扮演与自身现实生活中的生理性别相异的角色，即男玩家扮演女角色、女玩家扮演男角色。国外研究将之称为 Gender Swapping、Gender Crossing 或 Gender Bending。游戏用语中也曾出现过"人妖号"一词，是玩家对跨性别扮演者的一种蔑称，通常用来谩骂男性玩家扮演的女性角色。但随着这一现象越来越普遍，大部分玩家都有过这种体验，"人妖号"一词的出现频率也就越来越低。现在玩家会直呼扮演者的化身名，或称"他的女号"/"她的男号"。

国外对这种现象多有研究。尼古托斯·伊（Nicholas Yee）对网游 *EverQuest* [①] 的 1025 名男性玩家和 189 名女性玩家的调查显示，有 47.9% 的男性和 23.3% 的女性都曾经扮过异性角色，且男性玩家跨性别扮演的频率要高于女性玩家：918 名男性玩家平均每人有 1.24 个女角色，157 名女性玩家平均每人只有 0.39 个男角色。[②] 马克·D. 格里菲斯（Mark D.Griffiths）、马克·戴维斯（Mark Davies）和 Darren Chappell 后来重新调查了这款游戏的参与者，发现 540 名

---

① 1999 年 2 月 Verant 公司推出的全 3D 在线角色扮演游戏。
② Nicholash Yee. http://www.nickyee.com/eqt/report.html.2001.

玩家中有60%都扮演过异性角色。[1]凯瑟琳·斯科尔斯（Katherine Scheck）等人的研究结果显示，某款网游的玩家中有70%扮演过异性角色，且男玩家中有70%，女玩家中有30%。[2]同时，研究者注重分析这种跨性别扮演的内在成因。如Katherine Scheck等人通过系列实验证实了化身形象、扮演者的年龄、性格、性别等因素对跨性别扮演活动的影响。[3]西尔·哈（Searle Huh）和德米特里·威廉姆斯（Dmitri Williams）则认为男性跨性别扮演行为的主要动因是期待在游戏中获得竞争优势。研究成果中也有不少持女性主义立场的结论，抨击游戏中将女性角色欲望化、客体化的消费现象。马克·D.格里菲斯等人认为，男性主角毫无悬念地被设计成游戏世界的主宰，一些被扮演的男性主角经常随意、肆意地对女性角色施加暴力，这样的游戏设计理念及后果都非常可怕。目前国内对这种现象的专门研究尚不多见，仅有《网络游戏中性别变换行为及其对玩家性别观念的影响研究》[4]等有限的几篇文章粗略谈到了这类

---

[1] Mark D.Griffiths, Mark Davis, Darren Chappell. Cyberpsychology & behavior: the impact of the Internet, multimedia and virtual reality on behavior and society, 2004, 7(4), pp.479-487.

[2] Katherine Scheck, Dong Yeop Lee.An Exercise to Explore Avatar Customization and Gender Swapping.Journal of Korea Game Society, 2015(4).

[3] Mark D.Griffiths, Mark Davis, Darren Chappell. Cyberpsychology & behavior: the impact of the Internet, multimedia and virtual reality on behavior and society, 2004, 7(4), pp.479-487.

[4] 丁海平.网络游戏中性别变换行为及其对玩家性别观念的影响研究.北京邮电大学硕士学位论文，2015.

现象及其影响。

网络游戏的玩家整体上呈现出不太均衡的性别分布。2016年中国女性游戏用户约占三成,男性游戏用户约占七成,男性依旧是游戏市场的主力。从细分市场上来看,在跨性别扮演现象较多的客户端游戏中,男性用户占比78.1%,女性占21.9%。在手机游戏中,男性玩家占65.5%,女性占34.4%[①]。

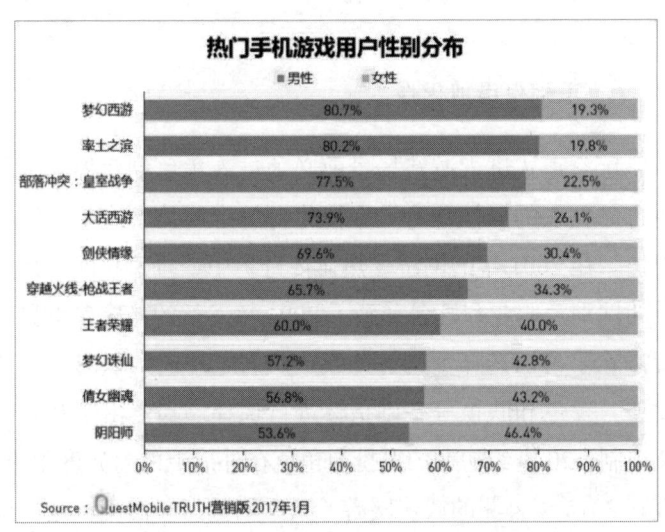

图4-1 Quest Mobile 手机游戏报告

2017年1月,Quest Mobile 以腾讯、网易旗下五款最畅销的手机游戏为研究对象,描绘他们的用户画像[②]。结果

[①] 中国音数协游戏工委,伽马数据,国际数据公司(IDC).2016年中国游戏产业报告.http://news.candou.com/728114.shtml.

[②] Quest Mobile 手游报告.腾讯 PK 网易,谁才是真王.http://www.questmobile.com.cn/blog/blog_84.html.

显示，最畅销的十款游戏中男性玩家的比例都远高于女性。其中《梦幻西游》《率土之滨》《大话西游》《部落冲突：皇室战争》四款游戏中男性用户超过70%。只有《倩女幽魂》《阴阳师》等少数几款游戏靠影游联动或其他包装手段聚集了不到一半的女性用户。

一、跨性别扮演行为的基本过程

（一）创建虚拟化身

玩家正式进入游戏场景前必须进入角色创建界面，创建自己喜欢的异性化身。虚拟化身的定制技术这些年发展很快。在2001年的网游《热血传奇》中，玩家只能选择角色的性别、职业和姓名。到了2004年发行的《魔兽世界》，玩家除了可以选择性别、种族、姓名之外还可以对化身的发型、发色和肤色等基础指标进行选择。当然由于缺乏细节定制，20世纪初期的可扮演角色在外形上的差异度很小。直到2015年公测的武侠网游《天涯明月刀》出现，这一局面才有所突破。玩家可以直接对虚拟角色的样貌进行DIY数据操作（俗称"捏脸"技术）。如玩家可以通过鼠标拖动调整角色面部的苹果肌参数，直接改变苹果肌的位置、饱满度和大小。玩家还可以给角色化妆，模拟暖光冷光打在脸上的效果，让角色做一系列的展示动作，甚至改变角色的视线焦点。捏脸技术已经成为一种游戏乐趣，许多玩家动辄花费几个小时沉迷于其中。目前游戏角色的肢体自由度和外形美观度都有了极大的提升，玩家可以通过编辑器捏出千差万别的角色。

（二）学习基本玩法

玩家定制完异性角色后会进入游戏中接受新手教程。它可能会让玩家观看一段剧情，亲历一场战斗，或者学习交接任务、击杀怪物、拾取装备等，时间在几分钟到几十分钟。目的是学会基本操作，接触到游戏基本玩法，了解游戏的剧情和世界观。这一过程会让跨性别扮演者初次体验自己所扮演的角色，获得新鲜感并自我欣赏。

（三）进行浅层社交

之后玩家会进入浅层社交活动，快速熟悉游戏功能和核心系统。如在升级过程中加几个好友，加入帮派并定期参加活动，在好友的召集下组队打怪升级等。玩家在游戏中的外在形象、游戏技术，甚至声音等都会给社交对象留下第一印象。比如很多组队活动很依赖玩家间的语音配合，团队指挥会讲解机制、分工、处理突发情况，小队成员会商量打法、通报敌人技能等。

这时跨性别扮演者的困惑就出现了：如果在语音软件中说话就会暴露玩家的真实性别。要不要在网游社交中公开自己的性别身份是大多数玩家都要面临的问题。一种态度是大方承认真实性别。这类玩家仅仅把扮演行为当作是游戏乐趣，多因女性角色面容姣好、服饰美丽而扮演，但在游戏中依旧保持现实世界中的男性思维，并以男性立场与其他玩家交流。另一种态度是处处伪装成异性，游走在虚拟与现实之间，戴着鲜明的人格面具。他们会考虑如何持续扮演并维护自己的异性身份。如刻意模仿异性的打字风格，用异性照片作头像，尽量避免用视频和语音软件交流等。

（四）进行深度社交

在尝试了浅层社交之后，玩家已经解锁了大部分游戏的玩法，逐渐进入社交深化的平台期，甚至丧失乐趣，从游戏中流失。那些选择伪装真实性别的玩家会有更实际的收益，比如因其女性身份而得到特殊的照顾。有组织宣称"低于8000战斗力的玩家踢出公会，妹子除外"，伪装成女性的玩家就可以免于此命运。但是伪装性别中暗藏着一些诈骗的陷阱，以女号最为常见。当女号受到游戏中男性玩家的真诚相待时，便很容易通过欺骗手段获取装备、游戏币等虚拟道具，甚至是现金。

二、跨性别扮演行为的心理动因和游戏效果

有研究发现，跨性别扮演的动因可分为热衷于扮演行为、异性角色更好看、便于攫取利益、性别探索等若干种。[①]其中占比最高的动因（27.4%）是热衷于扮演行为——玩家称自己就是喜欢扮演一个异性角色，对它的喜爱、欣赏和敬仰之情都会带来满足感。占比居于第二位的是异性角色更好看（25.6%），以男性玩家居多。开发商为迎合男性玩家在女性角色的制作上更加用心，使得女性角色在外

---

① Nicholash Yee. http://www.nickyee.com/eqt/report.html.2001.

观上更加丰富、细腻、美观。其建模、材质、时装款式以及角色定制系统都普遍优于男性人物。而几乎所有的男性角色都重在展示其坚忍强壮的一面，带有天然救世主的色彩。只有为数不多的几款游戏敢于挑战这种刻板印象，比如表现男性由脆弱变为刚强的成长历程等。在女性之美的丰富想象与美男设计的匮乏对比之下，我们看到的是游戏设计者对玩家审美心理的极度刻板印象与创新局限。即使在以男性人物为主的游戏大作《鬼泣4》中，男性在外形上也难以满足男性玩家多样态的审美期待。

位居第三位的动因是便于攫取利益（11.8%）。跨性别扮演可以使玩家获得同性角色不能提供的各种便利条件。比如男性角色一般会被寄予更高的技术预期，在团队合作中如果表现不佳就可能被同伴嘲笑甚至谩骂。而女性角色即使不小心犯了错，也更容易被谅解。在《英雄联盟》《王者荣耀》等游戏中，一句"我是妹子，不太会玩"常常能终结骂战，甚至引来其他男性玩家的示好："美女，要不要我带带你？"另外扮演女性角色会让男性玩家在副本、任务、帮派、竞技场等团队活动中获利，如得到其他玩家的免费道具，或以更低价格竞拍得到团队副本中的装备，也更容易获得老玩家的保护和引领。这些都与男性在游戏中希望展现自己的保护欲不无关系。对于女性玩家而言，跨性别扮演的利益驱动没有这么复杂，她们希望自己依靠纯粹的技术水准来参与游戏，所以有时会刻意规避掉女性身份所带来的技术歧视、性骚扰等问题。

还有7.1%的玩家是为了性别探索而进行跨性别扮演，其中女性玩家（21.2%）的比例高于男性玩家（6.2%）。他们在这种扮演行为中能更深层次地了解异性的心理和行为特征，以进行更好的思想交流。当然，也有少数玩家是现实生活中真正的跨性别者，所以乐于在游戏中扮演另一性别。

不管出于何种扮演动机，玩家都会有良好的自我暗示和游戏体验，这种行为或多或少都会影响到玩家的游戏效果。据调查，在游戏 *Fairyland Online* 中扮演女性角色的女性玩家，要比扮演男性角色花费更久的时间才能升到50级。① 在射击游戏《穿越火线》中，女性角色因为身材娇小，在视觉上更不容易被击中。实际上从技术上来讲，人物的3D模型相同，其受弹面积是一样的。这种身材优势其实只是某种心理暗示作用，诱导和鼓励玩家树立自信心。

瑞士著名心理学家卡尔·荣格曾指出，任何一个男性的潜意识里都有一个可称为阿尼玛（anima）的女性意象，正如任何一个女性的潜意识里都有一个可称为阿尼姆斯（animus）的男性意象。阿尼玛是一个男子身上具有的少量女性特征或女性基因。那是在男子身上既不呈现也不消失的东西，它始终存在于男子身上，起着使其女性化的作用。在男性的无意识当中通过遗传方式留存了女性的一个集体形象，借助于此他得以体会到女性的本质。② 关于阿尼姆斯如何通过遗传的方式成为女性的一个集体形象，自然也可类推而知。

---

① JK Lou, K. Park.Gender Swapping and User Behaviors in Online Social GamesJ.International Conference on World Wide Web, 2013(8).

② Animus and AnimaM, Emma Jung, Spring Publications, 1972.

以荣格的理论来分析玩家的跨性别心理是适宜的。一方面玩家需要释放自己潜意识中的阿尼玛或阿尼姆斯气质,并在这种释放中获得快乐。现实生活中的阿尼玛或阿尼姆斯气质常常是被压抑的。比如男性的小鸟依人、多愁善感等表现会被他人取笑和轻视,而在网络游戏中这些表现则可以通过角色扮演无所顾忌地表现出来。另一方面,玩家会将自己理想中的异性形象和两性关系寄托在角色上,通过塑造和操控这些角色将与性有关的愿望、冲动和趣味在游戏中实现,起到某种"自我抚慰"的作用。

可以预期,随着网络科技向前发展,跨性别扮演的网络游戏不仅会继续存在,还会被设计者研发得更加专业化,以精准满足玩家潜在的心理需求。

三、跨性别扮演与游戏设计的创新发展

然而,面对跨性别扮演这种并不罕见的玩家爱好,游戏设计师却尚未给予足够的重视和创新。最先阻碍游戏创新发展的是设计者刻板化的性别观念。当今世界人们在性别维度上的生存样态日趋多样化,同性之间的个体差异未见得小于两性之间的整体差异。玩家在性别扮演上的市场期待更不是单一化的。虽然网络游戏的制作技术更新很快,游戏体验越来越逼真,但在性别角色的设计上仍有保守趋同的倾向——男性角色多被刻画成钢铁战士,无坚不摧而成为游戏世界的主宰。而女性角色则多带有鲜明的男权文化的色彩,在外形上以丰乳肥臀居多。比如日本游戏《合

金装备5：幻痛》虽然本身制作质量很高，却因一个美女狙击手Quiet的单调造型而被玩家吐槽，因为她的服装只有比基尼、吊带、丝袜和靴子。有玩家质疑："这位性感暴露的比基尼火辣少女出现在战场上合理吗？"制作人小岛秀夫回应："这位美女狙击手之所以穿着比基尼跑来跑去，是因为她的皮肤感染了一种寄生虫病毒，无法进行呼吸，她就像是一个盆栽植物一样，如果用衣服包裹住不让她沐浴阳光，她就会窒息死亡。"众男性玩家纷纷戏谑：什么都不穿也许更能透气。

比单一的外形设计更让玩家感觉无趣的是女性角色的命运设定。她们或是公主的化身，遭遇绑架等危难等待男主角的拯救；或是被当作花瓶、奖杯、奉献物等，将女性物化的色彩极为明显。即使女性角色已经在游戏中拥有高超的技能，仍不可避免被丑化的命运。设计师在赋予她们与时俱进的战斗力的同时，总是很难在人格上正视她们。如2006年版的《超级桃子公主》中的桃子公主，每次都能从被绑架的受害人逆袭成为主角并承担起拯救马里奥的重任，技能上可谓与男性角色无异。但这款游戏却将原本画风可爱的桃子公主刻画成一个古怪可笑的人物，不仅肌肉横生毫无美感，而且每当想要杀敌时必须歇斯底里地大哭一场才能取胜，令人匪夷所思。

值得注意的是，一些设计师正在致力于反思和纠正上述问题。《古墓丽影》的设计者Rhianna Pratchett明确反对在游戏中刻意强调女性的脆弱状态。她认为，玩家在现实生活中对性别问题的一些成见或偏见应该在游戏中得以改善，而不能倒过来被固化和强化。① 她的《古墓丽影》实践了这一主张，女主角劳拉在千难万险中大展勇敢、智慧的风采，很让玩家震撼和感动。那些扮演劳拉的男性玩家反馈说，劳拉让他们更加理解和敬重女性。特别是当劳拉面临恶人的性侵犯时，男性玩家会突然觉得陷入一种从未有过的尴尬处境，似乎亲身体验到劳拉的不堪感受，内心涌现出对侵犯者的强烈厌恶和憎恨之情。

除了基本性别观念的改变，我们基于同业经验在这里提出几点具体的设计理路，希望能对业界创新有所启发。

（一）发展付费导向的性别转换设计

允许玩家在游戏中通过付费的方式改变角色性别。比如在《天龙八部》和《天涯明月刀》中，玩家可以随时在游戏商城中付费购买道具"转性丹""照性丹"以改变角色性别。实践证明，玩家越有机会频繁地切换性别，越会降低对现实性别的认同感和归属感，跨性别扮演行为就会越来越多。性别转换功能的定价要依据游戏的整体定位。比如《天下 3》中性别转换道具"再世为人"约售 60 元人民币，《冒险岛 2》端游中"改性卡"约售 80 元人民币，《天涯明月刀》中的"照性丹"售价 288 元人民币。针对明确的目标玩家，设计师可以将异性角色的贴图、建模、时装做得更加美观精致。目前业界甚至有人不惜丑化同性角色，以诱导玩家更频繁地进行跨性别扮演并为之付费。

---

① Katherine Scheck, Dong Yeop Lee, Byung Pyo Kyung. An Exercise to Explore Avatar Customization and Gender SwappingJ. Journal of Korea Game Society, 2015(4).

（二）转换道具性别以激发玩家兴趣

另一种有趣的尝试是将游戏中的道具进行性别转换，以吸引玩家去体验与异性交流的乐趣。在日本游戏《舰队》中，原本象征军事力量的、具有传统男性气质的军舰被刻画成貌美可爱的女性"舰娘"。玩家可以通过扮演海军提督管理舰娘们以迎战敌人的舰队。情人节当天，玩家会收到舰娘赠送的情人节礼物，舰娘还会换上情人节的特别时装。另一款日本游戏《刀剑乱舞》则把刀刻画成英俊帅气的男性角色，吸引了大批女玩家扮演。这是一种反差萌[①]的设计理念，成功地满足了玩家对跨性别扮演的潜在心理需求，让他们有更多机会与心仪的异性角色保持暧昧关系，并操控他/她们完成一个个挑战。

（三）形成以跨性别扮演为核心体验的游戏精品

跨性别扮演的商业价值和文化价值不仅体现在外形、道具等游戏细节的设计上，它还应该占据游戏整体架构中的灵魂地位，决定着游戏人物的情感和行为。游戏发展到这个层次更像是教育品和艺术品，最有可能在独立游戏中出现。

《模拟人生》是美国艺电公司开发的"模拟养成游戏"中的代表作，至今已经推出七个资料片，形成完整的系列。

---

① 反差萌原指 ACGN（动画、漫画、游戏、小说）中的人物表现出与原本形象不同的特征，或同时具有多种互为矛盾的性格。两种或多种萌点相互矛盾，产生反差却又相互衬托，可视为是一种衬托的表现手法。

玩家在这款游戏中自行创建角色（包括性别、外形、职业等）进入一场场"人生之旅"。他们可模拟普通市民的日常生活，买房子、布置家具、上班赚钱、拜访邻居、结婚生子……也可模拟世界环游之旅，观赏、体察各国美丽景色、风土人情、文化习俗……在"人生旅途"上，玩家不能预知将会发生什么事情、遇到什么挑战，需要临场应对，接受考验。这款系列游戏已在全球卖出一亿多套，成为电子游戏史上最畅销的游戏。

跨性别扮演元素完全可以成为这种人生养成游戏的设计灵魂。比如推出女性人生系列片，让男性玩家"亲历"女性角色的成长历程。像女性初潮的疑惑害怕，受到性骚扰的惊恐慌张，恋爱结婚的幸福，孕程的艰辛，甚至家暴的委屈和愤怒等，都能使男性玩家有所感触，有所反思。当然，要在游戏中做出如此丰富的角色表现绝非易事，需要积累大量的角色资源，并熟练掌握电脑智能（简称AI）。但这种劳动是值得的。女性人生游戏可在一定程度上唤醒男性对女性的尊重，丈夫对妻子的关爱等，其宣传教育功能不可小觑。反之，男性人生系列也会成为女性玩家体察和理解异性世界的良好渠道。如果我们的角色塑造能如此深入人心，跨性别扮演就成了玩家尊重异性、理解性别平等的有效工具。

（四）壮大女性游戏设计师的队伍

从世界范围来看，受制于工作性质、女性玩家数量、从业期待等因素的影响，女性游戏设计师的比例一直低于男性。但随着女性整体就业状况的改善，近些年游戏行业有越来越多的女性设计师入行,并取得相当不错的业绩。

Silicon Sisters 是一所总部位于温哥华的游戏工作室,其创始人和绝大多数员工都是女性。[①]公司致力于以女性视角进入游戏设计,摆脱现有游戏的束缚,为游戏玩家们带来一种前所未有的新鲜感。同时她们也兼顾男性玩家的良好体验。比如最新推出的 *School 26* 是一款结合情节和力量的游戏,专门为那些青少年女性设计。在开发过程中,设计者也挑选了一些青少年男性进行游戏测试,结果表明他们中的绝大多数也很喜欢这款游戏。

我国网游产业仍存在不少对女性设计师的偏见,比如想当然地认为她们不擅长游戏开发,因此她们的设计意见得不到重视;有些女性设计师也自觉地将自己边缘化,做一些创造性较弱的重复性工作。这种局面的背后其实隐含着社会性别观念对女性从事科技型工作的整体性歧视。实践证明,女性设计师不仅拥有高水准的技术能力,更有独到细腻的设计理念,理应参与到游戏设计的各个环节中得到应有的重视。

综上所述,跨性别扮演已经成为当今网络游戏爱好者常见的参与方式。一款优秀的以跨性别扮演为核心体验的游戏产品寄托了玩家内心深处微妙而隐秘的愿望和情怀,也释放了现实生活中与性/性别有关的某种压力。网络游戏是加强性别尊重与理解、探索异性体验的绝佳工具。我们期待有更多拥有完善的性别理念、受玩家喜爱的游戏产品早日面世。

---

① http://gamerboom.com/archives/25614.

网络性转视频的兴起及其性别内涵

2016年1月,新浪微博上出现了一款点击率很高的视频剪辑作品《性转三国群像》,连续数日登上热门搜索榜。作者使用大量影视剧素材中的女性角色替换了男性角色,重新剪辑出女版的三国故事。这些女性形象虽然来自不同的影视剧,但和三国人物的气质都有较高的贴合度,比如章子怡演绎的孙权,蒋欣演绎的关羽,周迅演绎的郭嘉,张柏芝演绎的吕布,景甜演绎的赵云,王祖贤演绎的周瑜。视频在网络上引起很大反响,截至2017年5月,该作品在bilibili网(www.bilibili.com)点击量达到277.1万人次,并拥有15万收藏、4.4万弹幕、1.5万评论。[①] 许多网友表示,由女性演绎的三国人物其英雄气概不输于男性人物,反而更加荡气回肠、新奇有趣。这是性转视频首次在网络上引发群体性的讨论。

《性转三国群像》的出现并非一个偶然的个案,这类作品目前已经成为一种有趣的网络现象。在bilibili网上以"性转"为关键词进行搜索可以搜出大量结果,排名前五位

---

① 视频数据来源:bilibili弹幕网 .www.bilibili.com。

的分别是《性转三国群像》《性转西游记》《性转大明王朝》《性转甄嬛传》和《性转诸子百家》。特别是在《性转三国群像》发布之后，短短三个月的时间，这类视频就大规模密集出现。像《性转红楼梦》《性转魏晋名士》《性转文人群像》等作品都有几十万到几百万次的点击率。

一、"性转"的基本内涵

广义上的性转包括变性、易装、反串等很多形式。从狭义上来说，性转是文学艺术作品通过男女角色肉身的对调来进行表达、完成叙事的创作手段。它原本是个小众概念，是指动画、漫画或游戏人物身上因某种原因而发生的性别转换，即男性与女性之间的肉身互换，也可以理解成男性的灵魂穿越到女性身体里，或者女性的灵魂穿越到男性的身体里。比如在2016年12月热映的日本动画电影《你的名字》中，男主角立花泷做了一个奇怪的梦，醒来后发现自己变成了高中女生宫水三叶——这一互换身体的奇想就是整部电影的剧情基础。

时至今日，性转作品已不仅局限在二次元[①]世界中，也同时走向三次元世界，也就是以现实世界为表现对象的影视作品。韩国电视剧《秘密花园》、国产网剧《太子妃升职记》等都是反映现实生活的性转作品。

上述身体和灵魂的置换需要生理性别和社会性别共同

---

① 二次元的说法始于日本。早期的日本动画、游戏作品都是以二维图像构成的，其画面是一个平面，所以被称为是二次元世界，简称二次元。

参与，作品重点展现灵魂与身体对调之后的戏剧性冲突和陌生化效果。它不同于变性在医学上的人工干预，也不同于易装的表面化服装改变，更不是反串中的表演性活动。一般而言，这类文学艺术作品中的性转情节都带有个体性和偶发性，往往一男一女成对出现。但是，《性转三国群像》之所以格外引人注目，是因为它将三国故事中所有的主要男性人物都进行了性别置换，实现了规模庞大的全员群体性转。更加值得注意的是，这些从各种影视素材中剪辑出来的女性形象大部分都没有在外形上女扮男装，而是保持着原初的女性造型。她们虽然各具其形，却都与三国中的男性人物具有某种气质上的高度神似。不论是霸气、潇洒、智慧还是飘逸等气质，都可与女性之躯完美地对接起来。这种视觉上陌生化的冲击向人们揭示了一个常被忽视的事实，一直被认为理所应当是群"雄"争霸的男性世界，如果由女性来演绎一样可以荡气回肠、入木三分。

二、网络性转视频出现的文化背景

群像式性转视频的出现并不是偶然的，它与当前中国的思想文化越发注重个体差异和主体性选择的发展趋势是分不开的。在20世纪80年代的文化反思中，"时代不同了，男女都一样"的性别观念曾遭到了普遍的质疑。重新寻找原初的女性特征成为文化及文学研究中的热门话题。然而，当时这种重建并没有在本质上超出传统男权文化对女性之躯的想象——柔美、弱小、母性、无欲、贞节等元素依然被作为女性身体的"天性"保留下来。男权文化传统中的女体规范别有意味地充当了反对性别同一化的武器。

直到21世纪初，刻板化的性别边界才日渐模糊起来。2005年，李宇春从《超级女声》比赛中脱颖而出，在着装、发型、声音等方面都演绎出格外帅气唯美的中性风格，被观众广泛接受和喜爱。而在当下的都市荧屏上，女性演员已经不需要刻意依靠短发、裤装或冷峻的表情来强化自身的刚毅气质，她们穿梭在或柔美或干练的妆容之间，可以长裙飘飘也可以西装革履，或温婉或果敢的气质也信手拈来，而其共同的内质则是她们日渐强大的自信独立的内心。

同时，大众媒介中的男性形象也发生了很大变化。传统文化中流行的俊朗刚毅的外形和雷厉风行的气质已经不是唯一的男性审美标准，妆容精致、气质温和、温柔可爱的男性形象也受到不少女性的喜爱。在现实生活中，下厨房的男性会被认为是居家暖男，练出马甲线的姑娘也会被称赞健美好看。这些现象都说明社会文化对于性别特征的包容性正在加强。在这一背景下，人们身上的异性化特质有可能被放大，被观摩，甚至被赞美，性转视频才能获得大量可利用的原始素材，并能引起广大受众的审美共鸣。

三、网络"性转"视频的创作动因

热捧性转视频的受众有着鲜明的群体特征。《性转三国群像》在bilibili网上受到的关注最多，我们就以这个平台的受众群体特征来分析性转视频的受众类型。根据搜狐科技板块下"全球人工智能"对bilibili网200万用户的数据分析显示[①]，在用户性别分布上，男性占 55.4%，女性占 44.6%。这种接近一比一的受众性别分布可以从一个侧面证明，性转视频不只是女性群体的自嗨式狂欢，某种程度上也吸引了相当一部分男性观众的关注和参与。在年龄和学历分布上，bilibili 网的用户以 90 后为主，1993 年到 2000 年出生的用户占据多数，主要为高中和大学学历；而在地域分布上，多以北京、上海、江苏、浙江、广东等经济较发达地区为主。由此可以推断出网络性转视频的受众以发达地区的 90 后青年群体为主。这类群体身处经济文化较为开放的地区，对于传统刻板的性别观念具有一定的反思意识和革新性行动。

传统动漫及影视作品的创作者一般都要严格以市场为导向，按照消费文化的基本规律迎合受众口味以谋求最大利益。而初期的视频的再剪辑和创作完全是一种自发性行为，不以盈利为目的，也不受市场规律的驱动，基本可以抛开商业利益等因素对选题的影响。可以说性转视频是创作者们主体性别意识的表达，他们试图通过作品与受众达成纯粹的精神层面的交流，并不掺杂与广告商等市场性因素的合谋与妥协。以《性转三国群像》的作者 bilibili 用户"鲶鱼溪"为例。我们通过浏览他所有的上传作品可以看出，他本身不是特别的性转议题的爱好者，也不对动漫等二次元世界情有独钟，其作品中未出现任何形式的广告和赞助形式。由此可以推断，作者基本是在没有商业利益的

[①] 用户数据来源：bilibili 200 万用户数据爬取与分析.搜狐科技. http://www.sohu.com/a/138658206_642762.

驱动下通过作品自然地表达其性别观念，也不受某种极端爱好的左右而产生认知偏差。当然，随着类似的群像式性转视频收获越来越多的观众注意力，商业资本开始有所关注。2017年年初，由中国女子偶像组合SNH48成员主演的网络大电影《女尊·三国志》在象山影视城开机，这可以看作是商业资本注入网络性转视频制作的一个信号。

深究起来，这种不受商业利益干扰的创作冲动与二次元文化的渗透和90后一代旺盛的自我表达欲望是分不开的。性转概念原本只存在于二次元的动画、漫画和游戏中，它本来是为作品中的同性之爱情节提供合理的表现形式——比如男性的灵魂穿越到女性身体里，就可以合理地与男性相恋。在二次元文化向三次元世界（即真人表演的影视作品）渗透的过程中被赋予了更多的意义，它逐渐成为表达独特性别意识的载体。

90后是互联网生活的原住民，他们的性别观念和前辈相比已经有了很大的变化。不论是对饱受争议的LGBT群体，还是对伪娘、女汉子等行走在传统性别规范边缘的人和事，都表现出更多的包容态度。但与此同时，传统媒介资源并未掌握在这一代人手中，影视作品中的性别观念在整体上还停留在男女二元对立的传统模式中，像《太子妃升职记》这样带有性转色彩的影视作品最终也难逃被删减和下架的命运。随着互联网技术的发展，各类自媒体空前活跃，视频剪辑技术的门槛也越来越低，因此年青一代得以通过网络平台表达他们独特的性别意识。他们灵活利用既有的影视素材进行再剪辑，最终完成他们心目中的性别角色和性别秩序的重建。

四、网络性转视频的性别内涵

群像式性转视频在性别维度上的颠覆性意义主要体现在两个方面。其一是女性不再以模仿男性符号进入男权秩序，而是以其本来面目来演绎故事。中国的文学和影视作品中常见女扮男装的桥段，女性一般通过易装的手段来获得暂时性的男性社会身份。这种情节的设置正揭示出一种两性都默认的社会共识：在某些特定的社会活动场合，女性这一身份是不被允许出现并参与其中的。而在我们研究的性转视频中，女性的外在形象没有向男性趋同，或美艳或潇洒或纯真，无一不是以其原初的样子示人。此时，女性无须再否认自己的性别身份即可以获得男权社会的全部行事权利，甚至还可以生发出从未有过的艺术新质。

其二是将个体的跨性属行为拓展为全体角色设置的性属改变。女扮男装的行为是个体性的选择，是通过个体外在性别符号的变化以谋求社会角色的变化，这其中包含了个体对整体性别秩序的臣服。比如《倚天屠龙记》中赵敏易装成小王爷的男性身份行走江湖，出入各大门派招揽英雄。她的易装行为是女性个体向男权核心逐渐靠拢的过程，既没有改变男权秩序本身，也没有对其他女性构成影响。而在当前的性转视频中，女性无须再通过个体的转变来迎合已有的性别框架，作者是将整体的性别角色设置进行重新编码，女性角色全面占据了男性世界。

但是值得注意的是，尽管上述两点巨大的变化是显而易见的，性转视频却没有从根本上动摇故事的男权精神内核。从形式上来看，这种性别置换并未跳出三国故事的基本叙事框架，只是在原有的叙事体系内部完成的性别反转。从内容上来看，三国故事具有鲜明的弱肉强食、成王败寇的价值标准，谋略、胆识、力量等对抗性元素尤为重要，体现出以男性为主体的叙事特征。在这一框架下的性别转换毫不触及基本的价值判断和情节走向，只是把行为主体的生理性别对换。传统意义上的男性品质和使命赋予了女性，由此塑造了一群具有男性的优良品质、又能承担男性历史使命的女性角色。女性并不是因为自我而伟大，而是无形中作为原有男性角色的影子、模仿者而伟大，其背后是一场关于权利置换的乌托邦式想象。

可见，性转视频仍是对男权社会建构逻辑的机械模仿，本质上是性别权利的对抗和话语权的争夺，实现的是波伏娃所说的整体论中主客体位置的转换，而并非女性主义中真正倡导的性别平等。同理，在《性转甄嬛传》《性转诸子百家》《性转建国大业》等原创视频中，创作者也都未能形成颠覆原有性别逻辑的叙事架构和价值新意。这将有赖于现实生活中女性对自身的性别特质和发展潜能的清晰认识和强大的行动力，也与社会整体的性别意识发展水平密不可分。

此外，消费社会致力于在经济消费领域制造一种优秀的女性形象，但对女性现实生活中的政治地位和社会权利并不关心。性转视频中的女性主义色彩也免不了成为符号化的存在。虽然性转视频本身包含了丰富的女性主义内涵，但仍然摆脱不了作为网络视频本身的娱乐性——网民的观看意图更多地与消费女明星的颜值有关，而并非背后的性别深意。

五、网络性转视频的发展空间

尽管在性别解放的意义上性转视频的颠覆性是有限的，但这没有妨碍它成为一种新型的创作视角而被业界关注。随着 2017 年网络大电影《女尊·三国志》在象山影视城开机，标志着性转已经成为影视行业一个创新的切入点。但是，这类影视作品的制作前景依然存在着诸多不确定的因素。曾有网友在评论《性转三国群像》时说道："我一直觉得日本动漫娘化的三国相当恶心，现在想来是因为角色凭空装可爱卖萌卖肉。但我却觉得这个视频中的性转毫无违和感。如果是这样的创作，我非常愿意接受。"网友提出了一个性转视频成功与否的重要标准，那就是违和感的清晰边界在哪里？即性转作为一种新颖的创作手法，它与恶搞历史之间的区别是什么？此外还需要考虑观众的接受限度在哪里。如前文所述，性转视频的主要受众是经济发达地区高学历的 90 后群体。那么在更广泛的受众中这类视频能够获得多大程度的认可还有待于进一步探讨。后期研究可以通过问卷调查和深度访谈的方式进一步了解不同群体对这类作品的接受程度和接受心理。这将直接关系到性转作品影视化的可行性，也决定着创作者在市场中的投资回报。

总之，网络性转视频的创作是 90 后群体中的一部分人性别意识觉醒的狂欢。作品的出现不是偶然的，而是当今社会男女性别气质的界限日趋模糊的产物。二次元文化的渗透和 90 后自我表达欲望的增强是网络性转视频创作的动因。性转形式的变化，从表层到深层的发展，实质上是把男权捧上神坛又拉下神坛的过程，应该看到其中折射的乐观的性别意识发展趋势。但与此同时,也应该看到《性转三国群像》虽然实现了群体的性别置换,但这种置换仍然建立在三国构建的男性主体叙事的秩序之上,而真正叙事内核上的性转,则有赖于现实中女性主体社会的建立,进而促使全社会价值体系的变更与社会性别秩序的重塑。尽管性转视频并不是对性别秩序的完全颠覆,但仍旧能够为影视作品的创作提供一些新的可能性,同时也为此类问题的研究提供新的视角和方向。

网络污文化的传播特征

污文化是近几年来网络世界中流行的一种亚文化现象。以 90 后、00 后为主体的网络原住民使用或隐晦或鲜明的语言意象、调侃的话语姿态来描述人类的性行为和性道德，蕴含着对传统性禁忌和道德刻板规范的反叛精神。根据《中国青年报》社会调查中心对 2005 人进行的一项在线调查显示，53.7% 的受访者偶尔使用"污"的词语或语言，9.6% 的受访者经常使用，47.8% 的受访者觉得身边"污"的人挺多。① "污"字的原意是指"肮脏，不干净"和"肮脏的东西"。而网络流行语中的"污"字内涵已经悄然发生了改变，有让人感觉不好意思、色色的、羞羞的意思。比如，"你好污"的意思是你好邪恶、思想不单纯、有点黄色和暴力。

2015 年，bilibili 网（www.bilibili.com）上出现了一段名为《污！慎入！荤段子 boy 费玉清 54 分钟笑话大合集》的视频，一时间引起网民关注，"污妖王""费玉污"等带有"污"字的关键词纷纷登上热门搜索榜。截至 2017 年

---

① 王品芝、王永琳.84.9% 受访者觉得"污"文化会对青少年带来不良影响.中国青年报，2016-08-12（07）.

10月，这则视频的播放量已达422.7万，弹幕数达6.6万。"污"也逐渐成为网络流行语。尽管这条视频的热度已经渐渐褪去，但"污"的表达方式依旧活跃，甚至开始跳脱网络自媒体而渗透到传统媒体。

一、污文化的语言表达特征

第39次《中国互联网络发展状况统计报告》显示，我国网民以10—39岁群体为主，占整体网民数量的73.7%。[①]而根据简书社区网站《B站2000万用户分析》提供的数据，截至2016年2月18日，bilibili网注册用户的年龄主要分布在1993年到2000年出生的人群。[②]可见"污"在网络中的迅速流行与90后和00后人群的参与直接相关。这一群体运用多媒体工具以戏谑的方式解构某些现实生活中的主流价值观和话语体系，传递出对性不洁论和假正经的抵抗和反叛，构筑起的特有符号系统。总体来看，抵抗风格构成了网络青年亚文化的核心。当然，这一文化风格不是凭空想象出来的，而是借助已有的文化材料通过意义改编而实现的。其中拼贴和歪解是这种抵抗风格得以形成的主要语言形式。

拼贴是在既有的文化背景下创造性地将固定情境中的符号植入其他意义系统之中，从而获得全新的解释。拼贴的方式有很多种。比如将污表达植入与之并无关联的语境

[①] 中国网信网. http://www.cac.gov.cn/cnnic39/index.htm.
[②] B站2000万用户分析. 简书社区网站. https://www.jianshu.com/p/d79b8f01d2f7.

之中,从而产生通感的修辞效果。在污文化的代表咪蒙公众号中此类手法运用最多,比如将人类性活动的快感植入职场语境,比喻职场上获得成功的快感。

通过拼贴这一风格化的形式,具有新意义的符号得以诞生。"他们使用相同的符号体系,再次将不同形式中的表意物体定位于相同话语的不同位置中,或当这个物体被安置在另外一套不同的集合中,一种新的话语形式就形成了,同时传递出一种不同的信息。"① 污文化群体无力颠覆主导意识形态的权威,语言重组的行为中隐含着拼贴者的反抗意识。他们借助已有的语言元素拼贴成自己需要的话语,以此作为颠覆主流意识形态神话的某种手段。

另一种对话语意义的改编形式是歪解。比如发音歪解。汉语中大量存在的一音多字、一字多音以及近似音现象为污文化表达提供了便利。比如意义歪解。在信息的流动过程中,符号经过传播者的编码后流向受传者,但受传者基于自身的文化背景很可能对信息的解码结果与传播者的初衷并不一致。使用污语汇的网民强行将传统词语变成双关语,依靠联想进行一场戏谑规则、无视礼俗的解释性游戏。成语"管鲍之交"本意形容交情深厚的朋友,但因"管"和"鲍"形似生殖器官,这个词被歪解为男女之事。再比如词组歪解。许多约定俗成的词组被生硬拆分,与相邻的字词重新组合而产生另外的意思,语境和词语强行割裂开来使原意完全颠覆。比如"大学生活好"的"生"和

---

① [英]迪克·赫伯迪格.亚文化:风格的意义.陆道夫,胡疆锋,译.北京:北京大学出版社,2009:104.

"活"被拆分理解为大学生/活好,意为大学生床笫技巧高妙之意。拼贴和歪解的文字游戏在不断篡改和戏谑各种约定俗成的能指所指关系中,将反叛性的青年亚文化因子显露无疑。

微信公众号咪蒙是网络污文化文本的典型代表。2015年9月该公众号开始运营,凭借着充满污词汇的文章而名声大噪。该公众号娴熟地生产和消费着污内容,对传统性观念和道德观念的颠覆式表达刺激着青年读者的痛点和笑点。我们就以这个公众号的推文为例,来具体看看污文化的日常形态和精神品格。

以性生理感受叙写精神感受。用人类性活动的生理感觉来描述精神世界的快感或痛感是咪蒙推文的主要手法之一,它会让读者对话题本身产生直观而切身的体会。

污色彩的标题党。咪蒙推文经常让标题带一些污的色彩,以激起青年读者的好奇心和点击欲。而实际内容并不像读者想象的那样劲爆,甚至是清新治愈的。当看到《做那件事,他坚持不用右手》这个标题时,读者很可能已经想入非非,但这是一个左撇子如何以坚定的自我意志不屈服于父母矫正的故事,鼓励年轻人要坚持走自己的路。标题《一条豹纹内裤,让我失去了所有客户》下的内文是谈论衣着品位对职场发展的重要性,所谓"豹纹内裤"只是主人公全身豹纹装束中一部分,一笔带过而已。

用污段子降低文章的说教感。某些宣扬人生道理的文章往往因其说教味道浓重而引起青年读者的反感。咪蒙推文中常常使用各种污段子来讲述那些习以为常的励志道理,大大降低了青年读者对该类文章的排斥感。

通过污调侃来伸张女性的权利。据统计，咪蒙公众号85%的订阅者为女性，以女大学生、白领及家庭主妇居多。能获得数量如此庞大且黏性高的女性粉丝跟咪蒙鲜明的女性立场是分不开的。该公众号经常探讨如何提高当代女性的权利和生活质量，包括物质生活、精神生活和身体感受的质量，主张女性经济独立和人格独立。

　　"污"也是咪蒙软文推广的法宝。咪蒙公众号多个品牌做过软文推广，收益丰厚。在这些软文广告中污段子非常常见。当这些段子让读者的感情得到充分发泄并认可文章的价值观时，文末就会顺理成章地推出与主题相契合的广告品牌。污表达很大程度上起着黏合文本内容与商业利益的作用。

　　总之，咪蒙公众号中的污表达主要用于批评某类群体或现象，增强故事和人物的张力。频繁地、日常性地提及人类的性活动恰恰使性这个禁忌话题的游戏特征明显增强。读者的窥视期待在高强度的刺激中松弛下来，很难陷入纯粹的性幻想，反而更聚焦于推文本身的思想内涵。如德勒兹所言，欲望本质上也是积极的和生产性的，欲望的运作并非在于寻找其所欠缺的、能够满足它的客体，而是在充沛的欲望驱动下去寻求新的联系和展现。①

二、污文化得以流行的社会动因

　　从社会心理的角度来看，污文化是青年群体宣泄某种

---

① ［美］道格拉斯·凯尔纳，斯蒂文·贝斯特.后现代理论——批判性的质疑.张志斌，译.北京：中央编译出版社，1999：112-113.

心理压抑的出口。以"污"对抗"禁欲",以"丑"对抗"美",这让青年群体更能感受到真实的快意。按照巴赫金的理论,这是一种"审丑的狂欢",破坏性、对抗性的大众力量让审丑赋予了受支配者以力量。[①]青年群体以互联网为根据地,通过这种狂欢式的话语破坏日常生活的规则,借助重口味的"污"宣泄着对"虚伪"和"假正经"的不满。涉性表达不仅在于激起情欲从而使人获得生理快感,更是通过迎合青年网民的躁动情绪和对"正经"的鄙视心理,使他们获得一种扒下禁忌话题外衣的精神快感,一种公然挑衅传统话语规则的心理优越感。

污文化同时为青年群体带来精神上的归属感。污语言的使用能更强烈地激发起某些网民的情感共鸣,使他们在极端的爱憎情绪中"抱团取暖"。他们通过制造和使用这套特有的语言符号将自身标榜为独立、洒脱、率真的一族,想象性地与主流、古板、虚伪的群体区隔开来。

咪蒙推文常用充满污语言的时评来迎合舆论倾向,带有强烈的煽动性。这极端性的刻画表面上是在表达作者的观点,实则是在迎合网络舆论的情绪化判断,缺少理性客观的分析。作者站在道德的制高点上将自己塑造成一个正义的捍卫者,而读者通过这些"痛快"的文字也获得了一种道德上的归属感和优越感。咪蒙推文中常出现我的心机闺蜜、我的奇葩同学、我的恶毒老板等形象,读者都是围绕咪蒙的价值立场聚集成为"我"的身份,共同对价值观

---

① 章辉.伯明翰学派与媒介文化研究.郑州:河南大学出版社,2016:190.

相异的其他群体进行嘲讽和抨击。

从社会文化的角度来看，高度紧张的工作和生活正挤压着人们欣赏精英文化的时间和耐心，于是形式上整合度高、内容上通俗易懂甚至浅薄的文化产品因适应人们调节身心节奏而大受欢迎。爽、好玩、快乐尤其是青年群体参与传播活动的重要诱因。如果传播内容直指人们自我或者超我面具下的本我，那会特别受年轻人的欢迎。污语言体系中的粗口和性元素在中国以性为丑的主流氛围中开辟出一片灰色地带，其内容和形式的灵活多变可以带来阅读过程的轻快愉悦，也在一定程度上降低了使用者内心的不安感，为其短暂卸下精神枷锁提供了很好的机会。这对增加点击量、收视率的作用不容小觑，因此受到媒介内容生产者的追捧。

还有一股社会文化方面的力量特别值得注意，那就是污文化流行的背后有一定女性意识觉醒的支持。脏话和性话题一直是女性话语表达中的两个禁忌。男性说脏话或许会被归为个人素质层面的缺失，但说脏话的女性却要受到来自道德层面的严格拷问。然而在污文本中，女性作者却光明正大地使用脏话、讨论性话题。这背后是在特定的性别发展阶段女性对话语权利、身体权利的彰显。咪蒙推文《我们为什么爱说脏话》中说道："我们为什么爱说脏话？因为脏话才能抒情。脏话是人世间最淋漓尽致的一种表达。……脏话才能表达亲密。我只在好朋友面前说脏话。在陌生人面前，我礼貌得令人发指。"[1] 讲脏话固然不是人

---

[1] 咪蒙.我们为什么爱说脏话.http://www.360doc.com/content/16/0108/11/477274_526353089.shtml.

类文明中正常的情绪表达，但为了颠覆传统文化对女性单方面文雅温顺的刻板要求，作者不惜把讲脏话标榜为女性反叛的旗帜。她借助粗俗的语言向抑制女性发声的文化体制发出挑衅，解构了女性的次等地位。

同时，女性对身体的主体权利也是被长期遮蔽的，特别是女性的性权利在名节、贞操等道德重压下一度成为女性生命史中的空白。网络世界为女性追求性愉悦提供了话语空间甚至实践可能。她们得以有机会表达对男性身体的渴望，大胆追求理想中的两性关系。咪蒙推文中常见对男性身体的把玩和审视，女性从被人看发展到看别人，这种地位反转为女性带来了相当的自尊感和自信感。网络污文化的颠覆性、隐蔽性和游戏性对于那些在现实生活中非常拘谨的女性来说有着强大的吸引力，它为身处自我意识与社会偏见对峙中的现代女性开辟了一个缓解焦虑的休憩乐园，由此俘获了数量庞大的女性网民的支持。

从技术和法规层面来看，网络空间的虚拟性隐匿了污文化呈现者的身体，他们不再忌惮把日常生活中不好表达的涉性意象写进帖子和评论。同时网络文化对污语言的接受程度也在提高，它更多地被青年群体视为流行和个性，很少有人对此加以道德指责，适时适度的脏话甚至被看成是真性情的表现。相比传统媒体，目前网络环境的监管机制有其相对薄弱的地方。网络视听节目施行自审制，缺少申报立项和审片环节，一些网络综艺、网络自制剧只需通过内部审核就可以播放。像《太子妃升职记》《吐槽大会》等以污博取眼球的网络视频节目最终得以上线。

三、污文化与消费文化的协商关系

青年亚文化本身具有某种与传统和体制之间的疏离倾向，但社会主流意识形态往往会采取一些手段来抑制其对现有秩序的干扰。其中一个结果便是青年亚文化的风格被主流意识形态吸收从而瓦解消亡，这一过程被称为"收编"。根据伯明翰学派的理论，收编呈现两种方式：一是商品化的方式，即把青年亚文化的符号（语言、音乐、服饰等）转化成能够批量生产的商品；二是意识形态的方式，即支配集团（权力机构，如政府、警察、媒介等）通过贴标签的手段对其进行重新界定和解释。那么污文化的反抗精神会不会被当今的消费文化收编而失去其锋芒和特质呢？这其中的关系是微妙的。

污文化得以在网络世界迅速传播其实与其背后的商业利益密不可分。咪蒙公众号就是从成熟的商业运作中生产出来的。有新媒体综合评估机构撰文指出，在咪蒙早期的562篇推文中有114篇是软文广告，占比20.3%，头条的广告报价是68万元。从2017年7月复出至今，咪蒙推出文章298篇，有94篇是软文广告，占比31.5%，头条广告报价涨至75万。每个月累计广告收入可达到300万元以上。[①] 广告收入是不少运营良好的自媒体的主要收入来源，其传播内容在很大程度上要为资本和广告商服务。资本包装后

---

① 回归四个月，咪蒙头条广告涨到75万，凭什么？这是最全分析报告. 新榜独家. http://www.sohu.com/a/199081004_108964, 2017-10-20.

的污文化会变成实现商业利润的手段，大大稀释了污最初的反叛精神。

但是就此认为污文化已经被消费文化彻底收编是不客观的，二者的关系不完全适用于伯明翰学派的收编与反收编理论。更多时候，二者相互依存，呈现出一种协商关系。或者说污文化的所谓反叛精神本就依托于娱乐与狂欢的形式，它从来不是针对消费文化的反叛。同时商业逻辑也在经济利益的驱使下大力推动这一文化的发展，污的风格最终得到更广泛的传播和认同。

像咪蒙公众号这样的媒体，首先是依托商业运营机制下推出的社交媒体技术，才有了生存和发展的平台，这是它的文字和思想得以到抵达千万读者的基本前提。同样，当我们在各大视频网站、社交媒体以"污"为关键字进行搜索时，其结果首先不是"污渍清洗小妙招"，而是"污视频""污段子""污！慎入！"等词条；在知名电商平台搜索"污"字商品，其结果也不是"污渍清洁剂"，而是"污礼物"。可以说如果没有与资本紧密相连的社交媒体和广告商，污文化的话语表达就失去了广泛传播的载体，其群体内部也很难就彼此认同的价值观进行如此顺畅、高效的交流。商业推广增加了污文化抵达潜在受众的概率，当"污"被当作噱头进行售卖的同时，也在客观上扩大了污文化的社会影响。

当然，污文化本身尽管具有精神解放、权利伸张等诸多积极意义，但其内容本身也确实行走在低级趣味的边缘容易被人利用。很多内容不过是传统意义上色情招徕的另一种说法，已经完全脱离了污精神的本质。当前的污文化还只是青年群体借以宣泄不满情绪、寻求群体归属感的一种途径，而要想更长久地成为一种合理的文化存在，还需要青年一代赋予它更多积极的文化内涵。

附录　近年来中国男性杂志出版状况汇总

刊名	创刊时间	主管主办方	版权合作方
《时尚先生》	1996.10	国家旅游局主管 中国旅游协会主办	美国 Esquire 杂志版权合作
《健美先生科学健身》	1999.5	光明日报报业集团主管 光明日报出版社主办	美国韦德出版公司《Muscle&Fitness》杂志
《大都市（男士版）》	2000.9	中国出版集团主管 上海东方出版中心主办	
《特别关注》	2000.4	湖北日报传媒集团主管主办 特别关注杂志社编辑出版	
《时尚健康 Men's Health（男士版）》	2003.1	国家旅游局主管 中国旅游协会主办	美国 Men's Health 杂志版权合作，美国 RODALE 公司允许出版
《mangazine｜名牌》	2003.8	南方报业传媒集团主管主办	

续表

刊名	创刊时间	主管主办方	版权合作方
《达人志 Men's Uno》	2004.3	西藏自治区报刊出版中心主办	中国台湾《Men's uno》杂志版权合作
《男人装》	2004.5	中国中纺集团公司主管主办《时尚》杂志社协办	英国FHM杂志版权合作
《莫愁·天下男人》	2005	江苏省妇女联合会主管	
《魅力先生》	2005.1	共青团云南省委主管青年与社会杂志社主办	中国香港风尚传媒集团有限公司版权合作
《名仕》	2005.3	华商报社主办	
《风度》	2005.11	北京周报社主办	英国MAXIM杂志版权合作
《风尚志·质感达人志》	2006.7	精品购物指南集团主办	
《型男志 Men's Joker》	2006.11	临沂日报报业集团主办	
《芭莎男士》	2008.1	中国中纺集团公司主管主办《时尚》杂志社协办	美国Harper's BAZAAR杂志版权合作
《时装·男士》	2008.3	中国丝绸进出口总公司主办时装杂志社出版	法国加鲁集团出版有限公司版权合作
《明星时代·他生活》	2008.5	新疆文联主管明星时代杂志社编辑出版	意大利STYLE杂志版权合作

续表

刊名	创刊时间	主管主办方	版权合作方
《服饰与美容（男士版）》	2008.4	中国外文出版发行事业局主管 人民画报社出版	美国 Vogue 杂志版权合作
《摩登绅士》	2009.1	国家体育总局主管 中国体育报业总社主办	法国桦榭菲力柏契集团版权合作
《男人风尚 LEON》	2009.3	中国轻工业出版社主办 北京《瑞丽》杂志社出版	日本主妇与生活社杂志 LEON 版权合作
《智族 GQ》	2009.11	中国新闻社主办 智族杂志社出版	美国康泰纳仕公司版权合作
《睿士》	2011.5	睿士杂志社出版	法国桦榭菲力柏契集团版权合作

参考文献

王秀琳、梁冰主编.今日女性精粹：中国妇女报.北京：中国人民大学出版社，1998.

花生文库·新媒体女性丛书.西安：陕西师范大学出版社，2001.

卜卫.媒介与性别.南京：江苏人民出版社，2001.

刘利群.社会性别与媒介传播.北京：中国传媒大学出版社，2004.

冯媛编著.家庭暴力干预培训系列教材——媒体工作者培训手册.北京：中国社会科学出版社，2004.

宋素红.女性媒介：历史与传统.北京：中国传媒大学出版社，2006.

陈阳.协商女性新闻的碎片：20世纪90年代以来中国媒体里的国家、市场和女性主义.西安：陕西人民出版社，2006.

刘胜枝.当代女性杂志的文化研究.桂林：广西师范大学出版社，2007.

王儒年.欲望的想像：1920—1930年代《申报》广告的文化史研究.上海：上海人民出版社，2007.

曹晋.媒介与社会性别研究：理论与实例.上海：上海

三联书店，2008.

李琦．传媒与性别——女性媒介的传播社会学阐释．长沙：湖南师范大学出版社，2008.

李晓红．女性的声音：民国时期上海知识女性与大众传媒．上海：学林出版社，2008.

蔡帼芬等．镜像与她者：加拿大媒介与女性．北京：中国传媒大学出版社，2009.

马中红．被广告的女性：女性形象传播的权力话语研究．北京：新华出版社，2009.

张敬婕．性别与传播：文化研究的理路与视野．北京：中国传媒大学出版社，2009.

张兵娟．电视剧叙事：传播与性别．开封：河南大学出版社，2009.

彭小华．广告的性别再现．成都：四川大学出版社，2009.

张艳红．女性主义视野下的媒介批评．北京：知识产权出版社，2009.

张晨阳．当代中国大众传媒中的性别图景．北京：中国传媒大学出版社，2010.

吕鹏．性属、媒介与权力再生产：消费社会背景下电视对男性气质的表征研究．北京：北京理工大学出版社，2011.

张舍茹，陆道夫编著．西方女性媒介文化研究．广州：暨南大学出版社，2013.

刘利群，张敬婕主编．媒介与女性研究教程．北京：中国广播影视出版社，2013.

徐艳蕊.媒介与性别：女性魅力、男子气概及媒介性别表达.杭州：浙江大学出版社，2014.

曹晋.媒介与社会性别研究：理论与实例.北京：清华大学出版社，2015.

詹俊峰.性别之路——瑞文·康奈尔的男性气质理论探索.桂林：广西师范大学出版社，2015.

王金玲主编.中国妇女发展报告No.2（2007）：妇女与传媒.北京：社会科学文献出版社，2007.

刘利群，曾丹娜，张莉莉主编.中国媒介与女性研究报告（2005—2006）.北京：中国传媒大学出版社，2007.

刘利群、曾丹娜、张莉莉主编.国际视野中的媒介与女性.北京：中国传媒大学出版社，2007.

刘利群等编著.中韩女性媒介比较研究.北京：中国传媒大学出版社，2011.

刘利群，辛格主编.性别传播的研究与行动：联合国教科文组织"媒介与女性"教席五年发展实录.北京：中国传媒大学出版社，2012.

刘利群等.社会性别视野下的媒介研究.北京：中国传媒大学出版社，2013.

刘利群主编.媒介与女性蓝皮书：中国媒介与女性发展报告（2011~2012）.北京：社会科学文献出版社，2013.

刘利群主编.媒介与女性蓝皮书：中国媒介与女性发展报告（2013~2014）.北京：社会科学文献出版社，2015.

［荷］祖伦.女性主义媒介研究.曹晋，曹茂，译.桂林：广西师范大学出版社，2007.

［美］苏·卡利·詹森.批判的传播理论：权力、媒

介、社会性别和科技．曹晋，主译．上海：复旦大学出版社，2007．

［美］朱丽亚·T.伍德．性别化的人生——传播、性别与文化．徐俊等，译．广州：暨南大学出版社，2005．

［菲律宾］马德雷德·莫斯科索．传播语境中的女性与环保．刘利群，主译．北京：中国传媒大学出版社，2006．

［美］卡罗琳·凯奇．杂志封面女郎：美国大众媒介中视觉刻板形象的起源．曾妮，译．天津：天津人民出版社，2006．

［英］彼得·杰克逊等．追寻男性杂志的意义．陈阳等，译．天津：天津人民出版社，2007．

［英］辛西娅·卡特、［美］琳达·斯泰纳．批判性读本：媒介与性别．北京：北京大学出版社，2008．

［澳］雷金庆．男性特质论：中国的社会与性别．刘婷，译．南京：江苏人民出版社，2012．

Connell R. W. Gender and Power: Society, the Person and Sexual Politics. Stanford, CA: Stanford University Press, 1987.

后 记

　　这本书汇集了我在南开大学传播学系任教以来的一些心得。虽与新闻传播学直接相关，实则深受文学研究学术训练的影响。二十多年前，我开始追随恩师乔以钢先生尝试从性别视角考察中国的文学现象，特别是女性的文学创作。先生严谨包容的治学精神和文学学科深厚的学术积淀都督促我在后来的研究中以更为严格的学术要求进入新闻传播学领域。在本书的写作中，我既注意避免量化的研究方法过分倚重统计数字而忽视政治、经济、文化等因素的不足，同时也注意弥补某些意识形态分析中过分倚重个体体验而忽视实证论据的遗憾。本书的写作正是在新闻传播研究和文化研究之间进行跨学科尝试的结果。

　　本书的部分章节曾发表于《现代传播》《当代传播》《出版科学》《出版与发行研究》《中国电视》《中国编辑》《南开大学学报》等刊物，有些文章被《中国人民大学复印报刊资料》转载。其中《美国儿童绘本出版中的性别理念研究》一文获得首届"全国编辑出版学优秀论文奖"。在收入本书时，笔者对部分内容进行了文字修订和结构调整，并补充了较新的研究材料。社会性别的研究理路虽然在海外的新闻传播学界已经发展了近半个世纪，但在中国的主流新闻传播研究中发展的时间并不长。拙作得以发表在上述比较重要的学术刊物，背后凝结了各位编辑高度的信任和包容。

感谢复旦大学新闻学院的曹晋教授。她不仅是我国性别与媒介研究领域的重要开拓者，还常年将国际前沿的学术资源引入国内，为青年学人组织相关的工作坊与训练营。她主持的复旦大学——哈佛燕京学社新媒体与社会性别研究培训工作坊曾带给我很多珍贵的学术信息和研究思路。

十余年前，受惠于文学院领导的前瞻性眼光和对青年教师的发展鼓励，当时还相对边缘的性别与媒介研究被纳入了本科生和研究生的专业课程体系。文学院传播学系也成为全国高校中较早开设此类课程的院系。如今性别与媒介研究作为一个研究方向已经成为新闻传播学领域常见且重要的议题。在教学过程中，青年学人作为网络世界的原住民，他们对当今媒体的性别观察常带给我令人惊喜的新视角和新观念。本书的多个成果也是在与他们的交流讨论中逐渐成形的。他们是王琪、许德娅、黎宸宇、王婧钰、辛聪茹、杨春、赵若姝、齐悦、冯莉、冯振及潘文等人。他们中多人已在海外知名学府获得博士学位，有的进入主流媒体工作并努力实践将性别平等观念与新闻传播实务结合起来。能与这些思维敏锐、对世界充满友善和理解的青年学人一起为大众媒介中的性别平等而努力，实在是我学术发展和个人生活中的大幸。

本书受到了中央高校建设世界一流大学（学科）和特色发展引导专项资金项目的资助，在此一并致谢。

时光流转，我的上一本专著出版于一段新生活的开始，而本书付梓之际我又将迎来生活格局的些许变化。愿这些美好的上天馈赠能让我的人生更有质感，使我今后的学术感悟更贴近生活的真相。

陈　宁
2018 年 6 月于南开园